W0372623

MISTÉRIA

MAURO MOGLIANI

CERCO TE

THRILLER

LEONE EDITORE

Mauro Mogliani
Cerco te

ISBN 978-88-6393-463-2

www.leoneeditore.it

A te

L'inferno è vivere da vero re
senz'essere stati mai se stessi
ma niente lacera di più
niente può far male di più
non più di essere me stesso

E io so chi sono
so chi sono
so qual è il mio nome

Afterhours

28 febbraio 2015

Salve ispettore,

come va? A quelli come lei le cose vanno sempre bene, giusto?

Si domanderà chi io sia. Lasci stare, che sappia chi sono non ha davvero importanza. Neanche io, in fondo, so chi sono.

Vede, lei è un uomo integrato nella società, da lei dipendono molte persone, non solo quelle che comanda ogni giorno nella sua unità operativa. Lei è una persona che decide per gli altri, io no; lei è un potente, io no. Lei è benvoluto, io no; lei ha una moglie che la ama, io no.

Tutto questo però non dice se lei è più o meno intelligente di me. L'intelligenza è un'altra cosa, vero, ispettore?

La faccio corta.

Voglio fare un gioco con lei. Mi voglio divertire un po'.

Una alla volta, prenderò prigioniere quattro donne. Non si preoccupi, dopo sette giorni le rilascerò. E non appena le avrò rilasciate, le assicuro che staranno meglio di prima.

Il gioco inizierà tra due giorni. Prenderò la prima donna, la terrò per una settimana in cura qui con me, poi la libererò. Do-

po altri due giorni, toccherà alla seconda. I tempi saranno sempre gli stessi, ispettore.

A lei il compito di fermarmi e scoprire cosa lega tra loro queste donne, prima che arrivi alla quinta preda, ispettore: un uomo, che, ahimè, non rilascerò...

Buona fortuna.

Nessuno

2 marzo 2015

Tolentino, dove nessuno ricordava fosse mai accaduta una storia simile prima dell'autunno scorso, stava lentamente tornando alla normalità. Nei supermercati, nei bar e in piazza, la gente cercava di fare il possibile perché la conversazione non andasse a finire su Scatozzi, sulle sue vittime, sul suo suicidio. Le donne in paese avevano ripreso a girare per le strade da sole, per andare al lavoro, fare la spesa, accompagnare a scuola i propri figli. La vita ricominciava.

Mario, il proprietario della Stuzzicheria, punto di ritrovo di Tolentino, riusciva a servire i suoi spritz con un accenno di sorriso ma di certo non era più fluido e veloce come quattro mesi prima. Fabio Scatozzi non era stato solo il suo cliente più affezionato, ma anche un buon amico; sul suo sgabello, quello dove sedeva sempre, Mario aveva tenuto a lungo appoggiato il suo chiodo di pelle – cosa che, a onor del vero, gli aveva fatto perdere un certo numero di clienti.

Mario non nascondeva la testa sotto la sabbia: sapeva bene che Fabio – in stato di coscienza o meno – aveva ucciso la moglie e altre tre donne, prima di suicidarsi. Eppure il proprietario della Stuzzicheria non si dava pace: se solo fosse arrivato al lago un attimo prima, avrebbe potuto salvare almeno una di quelle cinque vite.

20.19

Alla fine del turno dell'agente Rizzo mancava poco più di mezz'ora: alle ventuno sarebbe arrivato il collega per il cambio. Gli uffici a quell'ora della sera erano per la maggior parte deserti. Soltanto una tv spezzava il silenzio di quel mortorio.

L'agente Rizzo aveva risposto alle solite chiamate che, puntuali, arrivavano tutti i giorni: quella di Angelo Lupi, che denunciava il reparto psichiatrico dove era ricoverato, perché non gli permettevano di fumare una sigaretta; quella di Alfio Doria, cui l'agente aveva spiegato per l'ennesima volta che i suoi genitori non erano scomparsi, ma erano semplicemente andati al lavoro. In effetti, durante il turno dell'agente Rizzo, era arrivata al comando anche qualche telefonata più seria, la denuncia di un furto in casa, un tamponamento fra auto in paese, ma per l'agente Rizzo, così come per chiunque si trovasse a rispondere al telefono del comando, queste erano quasi faccende di cui sorridere, niente di preoccupante, a ben vedere. Il ricordo delle chiamate effettuate da chi aveva ritrovato i corpi delle vittime di Scatozzi, invece, non era stato ancora cancellato.

L'agente, sbracato nella poltroncina di ecopelle nera, era concentrato sulle notizie del telegiornale: il politico di turno, sguardo fisso alla telecamera, ripeteva che stavamo attraversando un periodo di crisi, ma che dal prossimo anno ci sarebbe stata la ripresa. Alle 20.20, il telefono squillò.

Rizzo allungò il braccio alla sua destra, sollevò la cornetta e la portò all'orecchio.

Aprì la comunicazione come da protocollo. E questa volta non ci fu niente di cui sorridere.

3 marzo 2015

07.10

Da due giorni non pensava ad altro, le notti trascorse senza chiudere occhio. Nemmeno lui sapeva quale fosse la cosa giusta da fare. Alla fine aveva deciso di tenere tutto per sé. Non ne aveva parlato ancora con nessuno e non aveva intenzione di farlo finché non avesse avuto la certezza che quel tizio faceva sul serio. Prima di scatenare di nuovo il panico in paese, voleva essere sicuro che non si trattasse di una bravata. Ma se quella lettera fosse stata realmente di un pazzo scatenato, avrebbe commesso un grosso errore.

In passato, il suo istinto l'aveva sempre aiutato. La vicenda Scatozzi, però, aveva fiaccato e non poco la sua sicurezza.

Sentì la suoneria del cellulare. Uscì dal bagno con metà del viso ricoperta dalla schiuma da barba, e tornò in camera da letto per rispondere.

La telefonata fu breve.

«Vengo subito» furono le uniche parole di Nardi.

Dal dormiveglia nel quale si trovava, Oriana lanciò al marito un'occhiataccia che non ammetteva repliche.

Se il buongiorno si vedeva dal mattino, per l'ispettore Nardi si preannunciava una giornata di merda.

Il brizzolato dell'ispettore aveva subito in quei mesi un infoltimento notevole, barba compresa. A parte questo, era sempre lui: camicia blu, jeans Jeckerson, giaccone Woolrich verde.

Parcheggiò la sua Alfa 156 all'interno della caserma, rivolse un «buongiorno» all'agente all'ingresso, attraversò il lungo corridoio fino ad arrivare all'ufficio in fondo, quello del capitano. Guardandosi intorno, notò che nulla era cambiato in quattro mesi. Dietro la scrivania, la foto del capo dello Stato e la sua cornice marrone scuro; più in alto, un crocefisso in legno. Sul tavolo non c'era posto nemmeno per appoggiare una penna.

«Nardi, è un piacere rivederla. Certo, avrei preferito un'altra circostanza.» Il capitano Scotti invitò Nardi a sedersi sulla sedia libera.

«Immagino. Di che si tratta?»

Scotti riferì della chiamata arrivata al comando la sera precedente da parte di tale Antonio Zucchi, nonché dell'incontro avvenuto poco più tardi in caserma con lo stesso Zucchi. A mano a mano che Scotti sciorinava i dettagli di quanto accaduto, lo stomaco di Nardi andava trasformandosi in un macigno: da quando aveva visto quella lettera sbucare fuori dalla cassetta della posta, erano passate ormai più di quarantotto ore.

«Nardi, mi sta ascoltando? Sembra che si sia perso nell'iperuranio.»

«Vediamo...» cominciò Nardi. «Ieri sera verso le venti e trenta è arrivata la telefonata di un certo Zucchi. Questo signor Zucchi è preoccupato, anzi, dice e crede che sua moglie sia scomparsa. Varie volte nel pomeriggio l'ha chiamata al cellulare, senza alcuna risposta. L'allarme è scattato in serata, quando la signora...»

«Crocetti.»

«Quando la signora Crocetti» disse Nardi, marcando il cognome «non si è presentata a casa dei suoceri per prelevare il figlio. Il marito è rientrato in casa con la speranza di trovare lì la moglie, ma niente. A quel punto ha chiamato voi. L'ho ascoltata, capitano Scotti?»

«Non faccia il permaloso, Nardi, non mi sembra proprio il caso. Piuttosto, prima di allarmare nuovamente la popolazione, aspettiamo sviluppi almeno fino a questa sera?»

Silenzio.

«Ha sentito la domanda che le ho fatto?»

«Certo che l'ho sentita!» disse Nardi quasi aggressivo. «Ma mi dica, capitano: secondo lei come si fa a nascondere una cosa del genere in un buco di culo come Tolentino? Io sono dell'idea che il caro Zucchi si stia già improvvisando giornalista.»

Scotti si fece pensieroso. «Sì, è probabile. Se dovesse essere così, cerchiamo di non alimentare il fuoco. E se dovessero arrivare informazioni utili su Carla Crocetti, le valuteremo.»

L'ispettore Nardi fece un cenno di assenso e uscì dall'ufficio di Scotti. Grandi falcate, testa bassa e traboccante di pensieri. Non aveva nemmeno menzionato la lettera, non era arrivato ancora il momento. E sperava che non dovesse arrivare mai.

15.00

«Siete completamente scemi; anzi, siete degli sciacalli. Quella donna magari se n'è scappata via per scopare tranquillamente con il suo amante, ma voi no, voi subito "serial killer". Smettetela. Queste storie succedono una volta al secolo, non ogni tre per due.»

A Tolentino, sembrava che il tempo fosse tornato indietro. Quella stessa paura, se mai se ne era andata davvero, si riaffacciava come uno spettro.

«Quello che è successo con Fabio è acqua passata. Stop. Chiuso l'argomento» rincarò Mario.

«Hai ragione, ma non succede nemmeno tutti i giorni che un marito denunci la scomparsa della moglie» disse Walter, il pensionato che sedeva sempre al tavolo di fronte al bancone.

«Siamo tutti molto ansiosi. Veniamo da un'esperienza che ci ha stravolto, ecco tutto.»

«Mario, credi a me, che sono un po' più grande, ho sempre vissuto a Tolentino e grazie a Dio di storie brutte ne ricordo poche. C'è qualcosa che mi dice che quella donna non è semplicemente scappata.»

Walter chiuse il giornale e si voltò con la sedia verso il bancone.

«Per me ha ragione Walter» disse Rosa, la moglie di Mario, sbucando dalla porta della cucina. «Non li sentite i telegiornali, non vedete come noi donne siamo trattate? Voi uomini perdete la testa troppo facilmente.»

«Non sempre la colpa è dell'uomo. Anche le donne hanno le loro.»

«Su questo, caro Mario, non posso che concordare» disse Walter.

«Che volete dire?»

«Che se fate meno le mignotte forse è meglio» disse Walter. Voleva essere una battuta cameratesca, ma osservando l'espressione di Rosa si rese conto di aver esagerato. Cercò di sdrammatizzare con un sorriso.

«Torno in cucina. Con voi due va a finire che si litiga.»

«Sì» disse Walter alzandosi e infilando il giornale sotto l'ascella. «Vado anch'io. Ma tieni a mente quello che ti dico, Mario: il tuo caro amico Fabio ha lasciato l'erede.»

La porta si richiuse. Mario rimase immobile, due tazzine in mano e lo sguardo fisso.

Il posto

La stanza è molto piccola. Sulla destra, un comò basso con tre cassetti. Sulla parete di fronte, un vecchio armadio a due ante in legno scuro, con una chiave bronzata nella serratura; sulla sinistra, una finestra con vetri percorsi da una città di tela abitata da ragni; sotto la finestra, una stufa a gas. Dal soffitto scende un filo ingiallito, alla cui estremità penzola una lampadina opaca, senza luce. La donna è distesa sul letto, nuda. Più volte ha tentato inutilmente di liberare le mani e le gambe dalla stretta del nastro adesivo. La porta della stanza è alla sua destra. Oltre quella porta, il vuoto.

«Come stai, amore mio?» chiede Nessuno.

La donna, attraverso il foulard nero che le serra la bocca, riesce a emettere soltanto mugugni.

«Stai già meglio, lo so. Devi fidarti di me, lo faccio per noi due. Ora vorresti gridare, chiedere aiuto. Ma che sbaglio faresti.»

Nessuno si inginocchia lentamente di fianco alla donna e comincia ad accarezzare il suo corpo, percorre le gambe, indugia sul ventre, sfiora teneramente i seni.

«Sarebbe bello farlo ancora, non ti pare?» le dice.

La donna si agita. I suoi occhi adesso fissano la mano destra di Nessuno, che dal pavimento ha appena raccolto una siringa.

Nessuno preme appena lo stantuffo e una goccia di un liquido giallognolo trabocca dalla punta dell'ago.

«Sta' tranquilla» dice alla donna legata a letto. «Va tutto bene.»

5 marzo 2015

07.25

La neve era caduta copiosa per tutta la notte. Malgrado i suoi novanta chili di muscoli, Franco faticò non poco per spalare via i cumuli davanti al portone e lungo il porticato che portava al garage. Poi finalmente poté imboccare via Trento e Trieste.

Con la sua Fiat Croma percorse la discesa verso viale Vittorio Veneto molto lentamente, cercando di passare con le ruote sulle due strisce lasciate sulla neve dalle auto che lo avevano preceduto. Allo stop girò a destra e non a sinistra, come invece faceva tutte le mattine per andare al lavoro. Più avanti imboccò via della Repubblica e poi prese via Brodolini. Un'auto, proprio sotto casa di Carla, era appena andata via, lasciando un rettangolo di asfalto pulito.

Franco spense il motore, scese dall'auto facendo attenzione a non scivolare, e si avvicinò alla pulsantiera dei citofoni. C'era qualcosa di molto urgente di cui Antonio, suo cognato, doveva essere assolutamente informato.

Suonò con convinzione il campanello.
Poi provò una seconda volta. E una terza.
Non gli rispose nessuno. Antonio doveva essere già uscito di casa.
Franco risalì in macchina e ripartì. Lungo la strada, poco oltre via XXX giugno, prese l'iPhone dalla tasca della giacca, sfogliò la rubrica e fece partire la chiamata verso il numero di suo cognato.
«Franco, dimmi, dimmi tutto» gli rispose Antonio. Era molto agitato.
«Dove sei?»
«Sono appena arrivato davanti alla caserma dei carabinieri.»
«Ci sono novità su Carla?» chiese Franco.
«No, niente. Speravo che mi stessi chiamando per darmene tu.»
«Sono passato da casa tua poco fa. Devo parlarti.»
Pausa.
«Cosa succede?» chiese Antonio con un filo di voce.
«Meglio parlarne di persona; possiamo vederci?»
«Certo. Raggiungimi qui in caserma, ti aspetto.»
«No. Incontriamoci da un'altra parte, parlerai dopo con i carabinieri. Ti va bene da Mario?»
«D'accordo, ti aspetto lì.»

09.45

«Abbiamo aspettato troppo tempo, abbiamo commesso un grave errore.»
«Capitano, stando alla procedura non avete commesso nessun errore. Come Arma dei Carabinieri, avete fatto il vostro

dovere. Martedì mattina, il giorno successivo alla denuncia di Zucchi, avete trasmesso i documenti alla questura. Punto.»

Con il passare del tempo, nella caserma dei carabinieri la tensione era salita notevolmente. Dopo la notizia portata da Antonio, le operazioni di ricerca della donna si erano immediatamente intensificate. Le attività per il ritrovamento di Carla Crocetti stavano coinvolgendo tutte le forze locali disponibili: vigili del fuoco, protezione civile, guardia di finanza, associazioni di volontariato. Gli organi d'informazione avevano diffuso la notizia e alcune foto.

Carla Crocetti, a detta di Franco, soffriva da tempo di una grave depressione e da mesi era in cura da un non meglio precisato psicologo, di cui Franco ignorava il nome. L'ipotesi di un allontanamento volontario e, come tragico epilogo, di un suicidio, prendeva drammaticamente corpo. La pista del rapimento, al momento, era messa da parte.

L'ispettore Nardi, al comando delle indagini, chiese al capitano di far rintracciare i genitori della signora Crocetti e di fissare con loro un colloquio in caserma per le sedici e trenta. Forse sapevano qualcosa di più a proposito di questo fantomatico psicologo.

La bufera, intanto, non accennava a dare una tregua. I mezzi spartineve erano in continuo viavai lungo le strade principali. La temperatura era ben al di sotto dello zero.

20.30

Ad attendere il capitano Scotti fuori dalla caserma c'era Roberto Calcaterra, il segugio del *Corriere Adriatico*. I capelli corti brizzolati e la montatura degli occhiali rosso Ferrari lo rendevano facilmente distinguibile. Calcaterra, non si sa bene come, aveva occhi e orecchie dappertutto. Sapeva sempre prima degli altri quello che accadeva in paese e in provincia, e infarciva i fatti con i consueti ritocchi del mestiere. Era una spina nel culo.

«Capitano, gira voce che la donna avesse una forte depressione e che vedesse un dottore. Può confermarlo?»

«Calcaterra, abbia pazienza: l'ostacolo più grande per ora è il maltempo, come può constatare. Abbiamo potenziato le ricerche con le unità cinofile regionali, arriveranno altre due unità da fuori regione, precisamente una da Perugia e l'altra da Pescara.»

«La mia domanda era un'altra, però. Soltanto il fratello sapeva della depressione della donna? Nemmeno i genitori ne erano al corrente?»

«Anche loro erano all'oscuro.»

«Quindi è confermato.»

«Calcaterra, ci vada piano: c'è in gioco la vita di una donna, e anche della sua famiglia.»

«L'eventualità di un rapimento a questo punto viene meno, capitano?»

«In questo momento non è prudente escludere nessuna ipotesi. Stiamo cercando e stiamo sentendo tutte le persone interessate o anche solo minimamente coinvolte.»

Calcaterra inarcò un sopracciglio, come per darsi la carica prima dell'ultima stoccata. «Pensa che la scomparsa della signora Crocetti possa avere un qualche collegamento con il caso Scatozzi?»

Scotti si prese il suo tempo.

Poi rispose calibrando bene le parole: «Può scrivere così sul suo giornale: "Infine il capitano Scotti mi ha invitato a non rompere troppo i coglioni, e soprattutto a non infiocchettare il mio articolo con le mie solite cazzate". La saluto».

Il capitano salì in macchina e partì.

Calcaterra invece rimase fuori dalla caserma altre tre ore buone, nella speranza che uscisse Nardi. Quando capì che l'attesa avrebbe potuto protrarsi all'infinito, andò via anche lui. D'altronde, di materiale per il suo pezzo ne aveva eccome.

Dalla finestra della caserma, Nardi appurò che questa volta le ripetute segnalazioni sull'arrivo di una forte perturbazione erano state azzeccate. Il capo dei vigili del fuoco l'aveva contattato per comunicargli che, a causa della bufera di neve, le ricerche sarebbero state sospese fino al primo segnale di miglioramento.

All'una meno dieci l'ispettore decise che era arrivato il momento di smettere di girare in tondo nella stanza e di andarsene a riposare; la neve non avrebbe smesso di cadere. La pattuglia in servizio lo accompagnò all'hotel Milano al centro di Tolentino, poco distante dalla caserma. Rientrare nella propria abitazione a Macerata sarebbe stata un'impresa impossibile. Inviò a Oriana un sms, scusandosi per il ritardo con il quale le scriveva e spiegandole che la neve gli impediva il rientro per la notte. Ovviamente non ricevette risposta.

La neve ormai aveva raggiunto e superato i quaranta centimetri e se non avesse smesso di venire giù, come dicevano le previsioni, il giorno seguente avrebbe raggiunto il metro.

Nardi riuscì a chiudere occhio soltanto alle prime ore del mattino, quando era già il momento di tornare al lavoro. Dalla finestra della camera d'albergo, affacciata su piazza della Libertà, Nardi guardava i fiocchi cadere incessantemente. Il pensiero della lettera lo tormentava: mancavano due giorni alla data dell'ipotetico rilascio. A quel punto, avrebbe tirato un sospiro di sollievo. O sarebbe sprofondato in un incubo.

Il posto

Nessuno le si avvicina; tra le dita, la sua siringa. S'inginocchia al suo fianco, la accarezza, le bacia l'ombelico.

«Oggi resterò qui con te. Se mi prometti di non gridare, ti tolgo il foulard, d'accordo?»

Lei accenna un sì, muovendo appena la testa su e giù.

«Prima però devi prendere la medicina. Coraggio, questa potrebbe essere l'ultima.»

Mentre l'ago e il liquido denso penetrano nel suo braccio destro, la donna urla il suo dolore dentro il foulard nero, strizzando forte gli occhi.

«Finito, tutto finito. Ora puoi rilassarti.»

Nessuno si alza dal pavimento, attraversa la soglia della stanza e sparisce portandosi via la siringa. La donna percepisce un rumore, un tintinnio di vetri provenire da una stanza oltre la porta alla sua destra. Poi vede Nessuno, di nuovo, accanto a lei. Questa volta stringe un bicchiere ricolmo di un liquido ambrato.

«Passato il dolore? Sembra di sì. Ti ho portato un bicchiere di whisky. Lo so che non ti piace, ma non c'è altro. Adesso ti tolgo il bavaglio: mi raccomando, niente scherzi, altrimenti mi metti nei guai con i vicini, intesi?»

La donna ha gli occhi socchiusi, lo sguardo assente.

Nessuno le slega il foulard e lo sfila molto delicatamente. Poi, quasi goccia a goccia, riesce a farle mandare giù tutto l'alcol.

«Bravissima, amore mio, sei stata proprio brava.»

6 marzo 2015

09.50

Tolentino era una fotografia in bianco e nero, deserta, senza persone sui marciapiedi, senza macchine per le strade e, soprattutto, senza rumore. Era avvolta in un silenzio montano. Le scuole erano rimaste chiuse e i bambini osservavano il loro paese imbiancato, schiacciando il naso sui vetri delle finestre. Supermercati e negozi avevano aperto in forte ritardo; molti non avevano ancora alzato le saracinesche.

«Mario, buongiorno.»

«Buongiorno a te. Hai fatto caso che nevica?»

A guardare Walter, con indosso la consueta divisa invernale, sembrava un giorno come tutti gli altri. Il solito cappotto spinato, allacciato fino all'ultimo bottone, la sciarpa rossa che usciva appena dal colletto e gli immancabili pantaloni neri di flanella. In testa, il cappello in feltro riparava la cute senza un pelo. Le scarpe, almeno quelle, per una volta le aveva abbandonate: sarebbe stato impossibile per chiunque camminare su quella neve con un paio di mocassini.

«Non mi ferma nessuno, giovane, con chi credi di avere a che fare?»

Walter sulla porta batteva vigorosamente i piedi, cercando di scrollarsi più neve possibile dagli scarponi.

«Non preoccuparti, è già tutto bagnato. Entra e chiudi quella porta, che fa un freddo della madonna.»

«Lo faccio per non far bagnare i miei piedi, mica per il tuo pavimento.»

«Basta che ti sbrighi, che hai fatto freddare tutto il bar.»

«E non rompere i coglioni! Non fa freddo!»

«No, infatti. Appena finisco qui me ne vado al mare.»

«Fammi un bel tè caldo, invece di sparare cazzate» disse Walter sedendosi al suo tavolino. Era l'unico cliente della mattina.

«Tu, che sei anziano, te la ricordi una nevicata simile?»

«Anziano ci sarai tu. E comunque sì, certo che me la ricordo, più di una.»

«Sarà un metro di altezza!»

«Di più, un metro e venti.»

«Almeno per il momento ha smesso, ed è spuntato uno straccio di sole.»

«Sì, ma prima di tornare alla normalità ci vorrà molto tempo.»

Mentre Walter si riscaldava le mani con la tazza di tè, entrò un ragazzo che lanciò sopra il bancone un malloppo di giornali.

«Oggi sono in ritardo, è già tanto che riesco a consegnarli. Ci vediamo domani, se Dio vuole!»

Quando Mario lo ebbe salutato, il ragazzo uscì chiudendo la porta e dirigendosi, con passi cauti, verso il furgone.

«Donna scomparsa: presunta fuga.»

«Come dici?»

«È il titolo del *Corriere Adriatico*.»

«Da' un po' qui, fai vedere.»

Mario porse il giornale a Walter, che cominciò a leggere l'articolo ad alta voce.

Oggi è il quinto giorno dalla scomparsa di Carla Crocetti. L'unica novità di rilievo sembra essere quella riportata da Antonio Zucchi ai carabinieri. Secondo il cognato di Zucchi – Franco Crocetti – la donna da tempo soffriva di depressione ed era in cura da uno psicologo. Di questo non erano a conoscenza né il marito né i genitori. La notizia è stata confermata dal capitano dei carabinieri Scotti, all'uscita della caserma, in tarda serata.

Tale risvolto sposta totalmente le indagini su una fuga spontanea della donna e su un possibile gesto inconsulto. Sempre da dichiarazioni del capitano Scotti, sono anche state potenziate le ricerche con unità cinofile. Ricerche che nella notte sono state sospese a causa della forte perturbazione nevosa che si è abbattuta sulla regione Marche e soprattutto nell'entroterra Maceratese e Ascolano.

L'ispettore di polizia Nardi, messo a capo delle indagini, per evitare i giornalisti che lo attendevano, si è barricato all'interno della caserma dei carabinieri; non sappiamo se e quando l'abbia lasciata. Possiamo dedurre, dal gesto dell'ispettore, una certa agitazione e un evidente disagio.

La polizia e Nardi in primis si ritrovano ad avere tra le mani, dopo nemmeno quattro mesi dal caso Scatozzi, un'altra patata bollente. I cittadini di Tolentino e tutta la provincia di Macerata attendono sviluppi. Tra la cittadinanza, con il passare delle ore, cresce sempre di più la paura di rivivere quei giorni. Quei lunghi giorni di terrore.

«Ma vaffanculo.»

«Cos'è che non ti torna?» chiese Mario.

«I giornalisti scrivono cazzate, come sempre. E la polizia le fa e le dice.»

«Se il fratello ha rivelato quel dettaglio, è logico che adesso si parli di fuga volontaria.»

«Io dico di no.»

«Sai che c'è?»

«No, sentiamo. Che c'è?»

«C'è che tu sei uno di quelli che godono delle disgrazie altrui, e che vorrebbero che oggi ci fosse un altro assassino, giusto per riempire i giornali di colonne di articoli, o per avere un argomento di cui parlare.»

Walter si prese del tempo per cercare la risposta meno cattiva.

«Oggi sei proprio in vena di dire cazzate, eh.»

12.15

Era passato mezzogiorno quando in caserma tutto il personale era riuscito a ritrovarsi e le attività interne giornaliere erano finalmente ripartire. L'ispettore aveva passato la mattinata con il telefono in mano, scavando un solco lungo il percorso corridoio-cancello-cancello-corridoio ed esaurendo la riserva di caffè del distributore.

Per i problemi causati dalla neve, erano pervenute sia al 112 sia ai vigili del fuoco molte richieste di aiuto. Era stato impossibile esaudirle tutte. Le pattuglie in caserma erano rimaste a lungo bloccate, e anche i vigili del fuoco, pur facendo il massimo, avevano trovato parecchie difficoltà a raggiungere i luoghi da dove venivano le richieste di intervento.

Le ricerche di Carla Crocetti erano ripartite, ma soltanto con una squadra di volontari e due di vigili del fuoco. Con tutto il marasma provocato dalla bufera, le priorità della mattina erano state dirottate.

Nardi era riuscito a rintracciare in tarda mattinata Gionata Nelloni, lo psicologo presso il quale si recava da qualche tempo Carla Crocetti. Nella lista trovata su internet, Gionata Nelloni era uno dei ventidue psicologi iscritti all'albo nella provincia di Macerata e uno dei quattro che avevano uno studio a Tolentino. Lo psicologo aveva risposto con freddezza alla chiamata dell'ispettore, dichiarandosi però disponibile a un incontro nel primo pomeriggio, nel suo studio. Nardi fece visita allo psicologo da solo, chiedendo al capitano di rimanere in caserma e di seguire in prima persona le operazioni di ricerca della donna.

All'ispettore, il dottore non piacque per niente; né per il tono ostentato durante la conversazione al telefono, né per l'atteggiamento tenuto per tutto il loro incontro. Nelloni, sulla sessantina e con vistose occhiaie e rughe, non si era mostrato molto propenso a riferire all'ispettore i particolari delle sedute avute con la signora Crocetti. Per rispondere alla prima domanda: «Da quanto tempo la signora si recava nel suo studio?» aveva cercato nell'agenda degli appuntamenti, risalendo al dicembre dell'anno precedente, esattamente al giorno dieci.

All'inizio della terapia vedeva la Crocetti una volta a settimana, ogni lunedì; da febbraio in poi, invece, gli appuntamenti settimanali erano diventati due: lunedì e giovedì, sempre alle tre del pomeriggio.

«E perché la Crocetti è venuta da lei?» gli aveva poi chiesto Nardi.

Alla domanda il dottore aveva in un primo momento risposto che c'era un segreto professionale da mantenere, anche perché non si sapeva ancora dove fosse la donna e cosa le fosse successo. Poi, all'insistenza e alle velate minacce dell'ispettore, aveva rivelato che la signora era in crisi, soprattutto perché aveva smarrito il sentimento verso suo marito: anche se credeva di amarlo ancora, non riusciva a capire cosa stesse succedendo nella sua testa. La Crocetti non gli aveva mai rivelato espressamente che aveva un altro uomo, ma il dottore aveva capito che i suoi sentimenti erano divisi in due. La donna, chiosò Nelloni, aveva sì chiesto il suo aiuto, ma era ancora in quella fase della terapia di non completa fiducia e di non completa sincerità.

Uscito dallo studio, l'ispettore era certo che il dottore non avesse raccontato tutto; ma quel che gli aveva cavato di bocca era comunque sufficiente per capire che, se pure si trattava di una fuga, non era una fuga solitaria. Altro dettaglio: era ormai chiaro che Carla Crocetti aveva l'abitudine di nascondere a tutti qualcosa, e di viversi la sua vita privata in modo molto più che privato.

8 marzo 2015

Nonostante fosse tornato il sole, nonostante fossero sopraggiunte in aiuto altre unità cinofile, Nardi era più teso di una corda di violino. Le indagini erano in stallo, e quel giorno avrebbe avuto le risposte che attendeva: quel Nessuno esisteva per davvero? E come se tutto questo non fosse sufficiente, a complicare le cose c'era la situazione di merda che si ritrovava dentro casa, ogni volta che rientrava.

Oriana e Piero Nardi si erano conosciuti in una palestra di Macerata. Era stato Piero ad accorgersi di lei. Un pomeriggio, mentre Oriana tonificava i suoi addominali su una panca, le si avvicinò chiedendole del cardiofrequenzimetro che aveva al polso. Naturalmente, di quel cardiofrequenzimetro non gli importava nulla. Quell'incontro, il primo, era stato brevissimo, ma nei giorni successivi Piero, quasi con deformazione professionale, prese più informazioni. Chiese al titolare gli orari e i giorni in cui la ragazza frequentava la palestra. Dopo un paio di settimane si ritrovavano lì, puntuali. Dopo nemmeno due mesi erano fidanzati.

Oriana era rimasta incinta dopo circa un anno e mezzo di fidanzamento con Piero, allora semplice agente di polizia. Poco prima di mettere al mondo Mattia, aveva lasciato il suo lavoro di commessa alla Coin, diventando madre e casalinga a tempo pieno.

Da quel momento erano passati ormai vent'anni, ma il tempo non aveva minimamente intaccato la bellezza cristallina di Oriana. Capelli arancioni, sempre raccolti in una lunga coda; occhi verdi che le lenti degli occhiali, su una montatura nera anni Cinquanta, facevano brillare più del naturale. Un viso senza rughe e liscio, come da ragazzina, solare.

Adesso, però, sembrava che quei vent'anni fossero affiorati sul suo viso di colpo, in poche settimane. Dall'ottobre precedente Mattia, terminato il liceo scientifico, si era trasferito a Genova per frequentare la facoltà di Scienze nautiche. Oriana aveva parecchio risentito della partenza del figlio e aveva cominciato a riempire le giornate dedicando ancora più tempo al volontariato, all'istituto Santo Stefano per disabili. Ma non bastava. E Piero sembrava non accorgersi di nulla.

Sabato sera, a tavola, Oriana aveva sbottato pesantemente. Gli aveva rinfacciato le notti fuori, i mancati avvisi, i messaggi e le chiamate arrivate in ritardo. Non era questo il modo in cui voleva essere trattata, avrebbe voluto maggiore attenzione nei suoi confronti. Piero capì lo stato d'animo della moglie, ma era completamente a pezzi: prima il caso Scatozzi, adesso ci si metteva pure la scomparsa di questa Crocetti, e quella lettera che, maledizione, aveva deciso di tenere per sé.

«Scusami, devi capirmi, è veramente un periodo nero» fu la sola frase che riuscì a mettere insieme per tamponare la questione. Oriana a quel punto si era alzata da tavola ed era andata direttamente in camera a dormire.

***

08.45

Era una vecchia cucina con al centro un tavolo rettangolare in legno. Sopra la tovaglia a quadri con macchie grosse come padelle, c'era una bottiglia di vino senza etichetta, un ciauscolo, una mezza forma di pane casereccio e due tazzine di caffè. Ai lati del tavolo, sedie di corda intrecciata. Addossati a una delle pareti, quattro fornelli a gas, neri di incrostazioni e gialli di unto. L'odore era quello di una cantina stantia piena di fumatori alcolizzati.

Mentre l'uomo dai capelli lunghi continuava a scoparla da dietro, lei, con le mani appoggiate sulla macchina del gas e la gonna tirata su, si domandava: *Perché mi ha detto che bisogna scopare dopo il caffè? Che bello scopare, si poteva fare anche prima del caffè.*

L'uomo dai capelli lunghi la prese di forza e la mise a sedere sopra il tavolo. Il pane e il ciauscolo caddero per terra. Lui diede un lungo sorso alla bottiglia di vino, le strappò via le mutande e riprese di nuovo a scoparla.

Dopo averla usata come una bambola gonfiabile, l'uomo dai capelli lunghi cacciò di casa la donna, dicendole che più avanti, al distributore di metano, avrebbe trovato altri due uomini pronti a scoparsela ben volentieri.

La donna si incamminò per la strada, resa strettissima dagli enormi cumuli di neve ai lati. Non riusciva a mantenere il passo diritto, barcollava, scivolava, inciampava. Due macchine, le uniche incontrate in quella mezz'ora di cammino, prima le suonarono il clacson e poi le sfilarono di fianco a passo d'uomo.

Quando arrivò al distributore, un impiegato la vide e le si fece incontro.

«Signora, tutto bene?»

«Come?»

«Signora, sta bene? Cosa le è successo?» ripeté l'impiegato del distributore, alzando un po' la voce.

«Questo è il distributore di metano con i due uomini che devono scopare?»

L'impiegato rimase a guardarla inebetito.

«Signora, da dove viene?»

«Vengo da lì!» disse indicando a casaccio la strada.

«Forse dovremmo chiamare qualcuno» comprese finalmente l'impiegato. «Come si chiama?»

«Io... Io non so chi sono.»

L'ispettore era davanti al pronto soccorso ad aspettare insieme a tutte le domande che gli ronzavano nel cervello come un nugolo di api impazzite. Appena l'ambulanza in retromarcia fece il suo ingresso nell'atrio e arrestò il motore, l'ispettore anticipò l'autista, prima che scendesse e andasse ad aprire i portelloni posteriori.

«Chi è lei? Come si permette?» domandò il soccorritore dall'interno dell'ambulanza, appena vide l'ispettore con le braccia spalancate e le mani sui maniglioni.

«Sono l'ispettore Nardi. Scusi, non volevo spaventarla.»

Nardi indietreggiò di qualche passo per far posto alla barella. La donna era coperta da un plaid marrone chiaro e legata con una cinghia all'altezza del busto; la testa sollevata, il viso contratto e rigato dalle lacrime. L'ispettore la scrutò con attenzione.

«Sembra lei» disse, quasi sottovoce.

«Non ricorda niente. È ubriaca persa» disse il soccorritore.

«Non ha documenti addosso?»

«No, niente: né documenti né mutande» disse l'autista.

Nardi, a quell'uscita, si limitò a replicare con un'occhiata di fuoco.

«Siete riusciti a farvi dire qualcosa, piuttosto? Qual è il nome della donna?»

«Ispettore, gliel'ho detto, non ricorda niente. E quando dico niente, intendo niente. Le abbiamo chiesto almeno venti volte come si chiama. Blatera solo confusamente a proposito di un uomo dai capelli lunghi. Adesso ci faccia entrare e lasci che la visitino, non possiamo rimanere qui a perdere tempo. Più tardi ne sapremo di più. Lei l'ha riconosciuta, ispettore, no? Ora pensiamo a darle qualcosa che la aiuti.»

Dentro il pronto soccorso, il dottore ordinò di chiudere la porta e di riaprirla soltanto quando si fossero conclusi tutti gli accertamenti.

Nel giro di pochi minuti arrivarono il capitano Scotti, Franco Crocetti e Antonio Zucchi.

Tutti aspettavano in silenzio, camminando nervosamente nella sala d'attesa. Antonio usciva continuamente e accendeva una sigaretta dietro l'altra.

Quando il dottore fece capolino dalla porta della corsia, l'ispettore, il capitano, Antonio e Franco scattarono verso di lui come al segnale dello starter dei cento metri piani.

«Come sta? Possiamo vederla?» disse Antonio, trasudando angoscia.

«Un attimo di pazienza, per favore» disse il dottore con distacco, facendo ricorso a tutta la sua professionalità. Era stato informato dei fatti e sapeva a chi appartenevano le quattro facce a punto interrogativo che aveva di fronte.

«La signora ha un notevole tasso alcolico nel sangue e la pressione bassa, ma non è un problema.»

«Si tratta di mia moglie?» proruppe Antonio.

«Lei è il signor Zucchi?»

«Sì, sono io» disse lui ancora più agitato.

«Bene, cerchi di calmarsi, allora, e mi lasci finire. Stavo dicendo che la pressione bassa non costituisce un problema. Per farle smaltire più in fretta gli alcolici ingeriti, le abbiamo somministrato una flebo di fisiologica. Le abbiamo chiesto se avesse assunto psicofarmaci insieme all'alcol, o altre droghe, ma la donna per ora non ricorda nulla. Lo verificheremo con le analisi del sangue e quelle tossicologiche. Questo per il momento è tutto. C'è da aspettare.»

Antonio era in lacrime.

«Ora vi accompagno dentro, così mi direte se la paziente è effettivamente la donna scomparsa che stavate cercando. Faccio strada.»

Lungo il corridoio, Antonio e Franco si appiccicarono come due ombre alle spalle del dottore. Scotti e Nardi si guardavano di sottecchi, senza sapere bene cosa pensare.

«La stanza è questa» disse il dottore. A quel punto aprì la porta, facendo accomodare Antonio e Franco. «Ci sono due signori che forse lei conosce» disse alla paziente, stesa sul letto.

Antonio non diede al dottore il tempo di terminare quella frase: si gettò verso la moglie, le prese il viso tra le mani e la baciò, sulla bocca, sulla fronte, sulle guance. Lei sembrò sorpresa e impaurita.

«Piano, signore! Piano, per favore!» Il dottore lo afferrò per un braccio e lo strattonò all'indietro.

«Carla! Carla, come stai?»

«Che... che vuoi tu? Vuoi scopare?»

Di colpo, qualcuno nella stanza fermò il tempo. Tutto rimase immobile, silenzioso come una fotografia. Anche le lancette del grande orologio alla parete erano ferme.

Il dottore prese l'iniziativa. Si avvicinò ad Antonio, lo prese sottobraccio, e rivolgendo un cenno anche a Franco gli fece capire che era il caso di lasciare quella stanza. Li fece riaccomodare fuori, dicendo loro che la donna doveva riposare e che a breve sarebbe stata trasferita all'ospedale di Macerata, per un ricovero nel reparto di medicina interna. In un paio d'ore la flebo avrebbe fatto il suo effetto e la signora avrebbe smaltito gran parte dell'alcol, nella speranza che ci fosse solo quello da smaltire. Per altre sostanze, sarebbe stato necessario più tempo.

Antonio si oppose dicendo che voleva restare vicino a sua moglie, ma la sua resistenza durò poco: le regole del pronto soccorso erano quelle e tutti dovevano rispettarle. Un'infermiera lo invitò a portare degli indumenti puliti per consentire alla signora di cambiarsi.

Fu Franco questa volta a prendere sottobraccio Antonio e ad accompagnarlo a casa.

Il dottore approfittò della momentanea assenza dei due parenti per prendere in disparte i due pubblici ufficiali.

«La signora Crocetti riesce a ricordare soltanto gli avvenimenti accaduti poche ore fa, e li riporta a modo suo; ha molta difficoltà nel parlare. È certo che sia avvenuto un rapporto sessuale nella mattinata, ritengo con un uomo dai capelli lunghi, se può esserle utile: lo menziona spesso. La donna non indossava mutande e la gonna è macchiata di sperma. Probabilmente il rapporto è avvenuto poco prima del suo arrivo in ospedale. Ho ritenuto inopportuno per ora far sapere al marito questi particolari.»

«La ringrazio» disse l'ispettore. «Se ci sono altre novità, sa dove contattarci.»

L'ispettore sembrava avere fretta. Mentre raggiungeva l'auto, invitò il capitano a seguirlo in centrale.

«Dobbiamo parlare» gli disse in un tono che non lasciava presagire nulla di buono.

13.20

Quando il capitano varcò la porta della stanza degli interrogatori, l'ispettore era già seduto, con i gomiti appoggiati sul tavolo e le mani che si sfregavano una contro l'altra nervosamente. Scotti si sedette sulla sedia preparata di fronte a lui, dall'altra parte del tavolo: aveva avvertito dalla voce e dal volto dell'ispettore tutta la sua tensione. Non capiva il perché dell'improvviso cambiamento, cosa fosse successo. Rimase in silenzio per qualche istante, come se quella pausa fosse dovuta, poi parlò quasi sottovoce: «Mi dica».

«Tenga.»

L'ispettore gli allungò la busta.

Il capitano l'aprì lentamente, senza chiedere niente e iniziò a leggere.

Al termine della lettura, i due visi che si guardavano erano identici, avevano la stessa espressione.

L'ispettore interruppe il silenzio.

«Cosa si fa?»

«Sto pensando» rispose Scotti. Poi, in tono deciso concluse: «Bisogna assolutamente riferire al questore».

Tolentino, lì 08/03/2015

Spett.le
Questore Gabriele Marinelli

Dopo l'arrivo della lettera firmata da «Nessuno» all'ispettore Nardi, avvenuto sabato 28 febbraio (copia allegata), l'ispettore ha deciso di non rendere pubblico il fatto, neanche dopo la scomparsa della signora Crocetti, avvenuta, come da denuncia al comando dei carabinieri da parte del marito Antonio Zucchi, in data 02/03/2015.

L'ispettore Piero Nardi ha ritenuto inopportuno diffondere il panico, prima di scoprire se la donna fosse stata realmente rapita, oppure se si fosse allontanata per motivi personali, soprattutto dopo le rivelazioni del fratello della Crocetti, Franco, a proposito di una presunta depressione della donna, con sedute regolari presso lo psicologo Gionata Nelloni, due volte a settimana, all'insaputa dei suoi familiari. È accertato che le rivelazioni sono veritiere.

Sono immediatamente raddoppiate le forze per la ricerca della donna scomparsa in tutta la provincia di Macerata. La forte perturbazione nevosa ha rallentato molto le operazioni, proseguite fino a domenica mattina, quando la donna si è presentata al distributore di metano di Tolentino, in contrada Ributino. La donna, che non si reggeva nemmeno in piedi, è stata portata dal 118 (allertato dal personale del distributore) al pronto soccorso di Tolentino.

Risultava aver ingerito un grande quantitativo di alcolici. Sugli indumenti indossati dalla donna sono state trovate inoltre tracce di sperma. La donna non ricorda nulla del passato, non ricorda chi sia, non riconosce suo marito.

La donna è stata trasferita all'ospedale di Macerata per un ricovero, durante il quale saranno fatti ulteriori accertamenti. Secondo il referto del dottor Cesolari dell'ospedale di Tolentino, la donna ha subito un fortissimo trauma psicologico.

Non abbiamo ancora prove certe che la donna sia stata rapita, ma la lettera ricevuta dall'ispettore Nardi riporta esattamente le tempistiche sia della durata del rapimento, sia della modalità del rilascio.

15.00

L'ispettore percorreva con la sua Alfa 156 nera la statale 77 tra Tolentino a Macerata: era stato convocato all'istante in questura, dove ad attenderlo avrebbe trovato il questore Marinelli.

Lungo la strada, chiamò al telefono Zucchi per sapere se ci fossero novità, se sua moglie fosse riuscita a ricordare qualcosa in più. Purtroppo la risposta di Antonio non fu quella che l'ispettore avrebbe voluto ascoltare.

Nardi ripensava alle sua condotta, alle sue indecisioni, alla sua inadeguatezza. Alle volte capita di trovarsi di fronte a bivi davanti ai quali avremmo bisogno di un tempo quasi eterno per valutare la strada giusta da prendere. Invece il tempo che ci viene concesso è quello di un istante inafferrabile. Nardi, però, del tempo per riflettere l'aveva avuto, eppure era rimasto fermo alla prima decisione, al primo attimo, e da lì, ostinatamente, non si era più mosso. Adesso la colpa era solo sua.

Cos'era che gli aveva fatto perdere la bussola? Quale dettaglio l'aveva messo sulla strada sbagliata e l'aveva indotto a percorrerla fino a sbattere la faccia contro un muro di verità? Era stato il fallimento nel caso Scatozzi? Era stato il rendersi conto che il suo istinto, fin lì infallibile, era capace di errori? Era stato il tono di sfida della lettera di Nessuno?

Alle quindici e trenta, orario per il quale Marinelli l'aveva convocato, mancavano pochi minuti. Nardi avrebbe voluto che il tempo rallentasse, che quei minuti non passassero mai. Aveva paura, paura che l'errore commesso gli potesse costare caro. Sapeva che il questore avrebbe preso seri provvedimenti; e d'altra parte, come dargli torto. Quasi certamente gli avrebbe tolto l'incarico, con probabile trasferimento.

Quando ti trovi per strada senza ombrello, la pioggia si fa torrenziale e pensi che peggio di così non possa andare. Allora arriva la grandine.

Ad attenderlo davanti al portone della questura, Nardi si ritrovò quello spaccapalle di Calcaterra. Armato di cellulare, era pronto a registrare le dichiarazioni di un nervosissimo ispettore a capo di un caso scottante, ma l'unica risposta che poté registrare fu il secco «vaffanculo» che l'ispettore gli indirizzò prima di entrare ad ascoltare la sentenza contro di lui.

Anche se avrebbe voluto interromperlo più di una volta, cercando non si sa dove un qualche argomento a propria discolpa, Nardi rimase con il fiato sospeso ad ascoltare il questore; che gli rinfacciasse in toni aspri il suo superficiale errore era davvero il minimo.

Nardi si liberò di tutta l'aria dei polmoni quando il questore gli comunicò che avrebbe comunque continuato a seguire il caso.

Ovviamente c'erano delle condizioni.

«... Credo che lei, essendo una persona intelligente, comprenderà il perché io abbia deciso di farla affiancare nel prosieguo delle indagini, e a partire da subito, dall'ispettore Gaetano Gambuti. Sono certo che andrete d'accordo e che questa sia una decisione saggia, per il bene di tutti.»

«Gambuti?»

«Gambuti, ispettore. Pensa di voler aggiungere altro?»

«Assolutamente no» deglutì Nardi.

«Benissimo. Ho convocato la sua nuova spalla per le diciassette. Si faccia trovare qui anche lei.»

Alle quattro del pomeriggio, dopo nemmeno mezz'ora dal suo arrivo, l'ispettore uscì dalla questura scuro in volto. A passo veloce attraversò la piazza, puntando dritto al bar Morresi, sotto il loggiato. Aveva fretta di mandare giù qualcosa, qualcosa che sperava gli calmasse i crampi allo stomaco.

Dopo avere divorato due panini al prosciutto, con un certo anticipo riattraversò la piazza in senso opposto, verso l'ingresso della questura. Roberto Calcaterra tornò ancora alla carica puntando il suo smartphone come una pistola.

«Mi sembra di averle già detto prima dove se ne deve andare» lo aggredì Nardi.

Proseguì per le due rampe di scale e poi per il lungo corridoio, fino all'ufficio del questore. La porta era aperta, ma Marinelli non c'era. Già seduto su una delle due sedie disposte al di là della scrivania c'era invece l'ispettore Gambuti.

Capelli neri e cortissimi, barba perfettamente rasata su un viso bianco come il latte; il completo blu e la sua camicia cifrata e ben stirata non bastavano a nascondere la sua aria da novellino.

«Salve! Come va?» gli si rivolse quel Big Jim in tono amichevole.

Nardi avvertì subito le sue palle cominciare a fumare. Non si aspettava di trovarlo lì prima del suo arrivo.

«Molto bene» gli rispose freddo e secco.

«Siamo in anticipo, il dottor Marinelli ci aspetta per le cinque.»

«In questo caso, vado a prendermi un caffè al distributore.»

Uscì dalla stanza senza invitare il collega, senza dargli il tempo di dire «la accompagno», lasciandolo lì con il braccio ancora allungato in attesa di una mano da stringere.

Alle cinque in punto Marinelli si materializzò dietro la scrivania del suo ufficio, come fosse spuntato da una botola sotterranea. Fece ancora una volta il punto della situazione sul caso, senza comunque accentuare le mancanze dell'ispettore Nardi, a cui confermava ufficialmente la direzione delle indagini, affiancato questa volta dal suo collega Gambuti.

Suggerì a entrambi alcuni movimenti per i giorni successivi e, con un tono di voce granitico – corredato da una significativa occhiata verso Nardi – chiese di essere informato sui fatti non appena ci fossero state novità anche minime. Infine li accompagnò nella stanza che, da quel momento, sarebbe diventava la loro sede operativa, mettendo così fine al rapporto diretto con i carabinieri di Tolentino iniziato con il caso Scatozzi.

Un tavolo ovale di legno, sei sedie, due computer, una lavagna. Nient'altro. A parte il quadretto della Madonna con bambino appeso a una delle pareti.

Il questore si congedò con una stretta di mano e un in bocca al lupo, invitando i due ispettori a mettersi subito al lavoro.

Prima che il questore uscisse, l'ispettore Gambuti propose un comunicato stampa, se ancora non era stato fatto, per informare dei fatti la popolazione.

Nardi lo cassò con un secco «non mi sembra opportuno».

Il questore evitò di esprimersi sull'argomento. Si limitò a rivolgersi ai due con un più che esplicito «buon lavoro».

I due ispettori si conoscevano già. Oltre a essersi incontrati per piccoli casi in provincia, avevano frequentato insieme, poco più di un anno prima, lo stesso corso di aggiornamento. Gambuti, nativo di Campobasso, era stato trasferito nel distretto di Macerata da circa due anni. Arrivava dalla polizia giudiziaria del commissariato di Messina, dove aveva iniziato la sua carriera.

Dopo avere riesaminato insieme la lettera di Nessuno, decisero che come primo passo potevano provare a sentire nuovamente la Crocetti. In macchina, verso l'ospedale, Nardi non fece alcuno sforzo per creare un clima disteso e confortevole. I due non proferirono parola.

Davanti alla porta della stanza numero otto, Gambuti chiese a Nardi come mai non ci fosse un piantone. Nardi, stizzito e senza nemmeno rispondere alla domanda, prese il telefono e ordinò in questura di mandare immediatamente un agente e di disporre i turni ventiquattro ore su ventiquattro.

Seduto sul letto, di fianco a Carla Crocetti, c'era il marito che, con una forchetta in mano, cercava di farle mangiare qualcosa.

«Ispettore, novità?»

«Da parte mia, nulla. Qui, invece? Come sta sua moglie?»

Carla rifiutava il cibo e teneva la testa china.

«Sempre uguale, ispettore» rispose Zucchi.

«È stata visitata da qualcuno? Cosa dicono le nuove analisi?»

«Forse è il caso di parlare con il personale medico, prima di provare con la signora» suggerì Gambuti. «Vediamo in corridoio.»

«Aspettate» disse Antonio, pigiando il bottone di chiamata sopra il letto.

L'infermiera sbucò pochi istanti dopo. «Signor Zucchi, tutto bene?»

«In realtà sono stato io a chiamarla. Sono l'ispettore Nardi. Vorrei sapere se ci sono novità sulla signora.»

«Eh... il signore?» chiese l'infermiera.

«Ispettore Gambuti. Mi occupo anch'io del caso.»

«Venite. Ne parliamo in sala.»

Le cose non erano cambiate molto rispetto alla mattinata. Nelle analisi del sangue, eseguite una seconda volta, erano state rinvenute delle sostanze tossiche. Per saperne di più, erano necessari ulteriori esami che non avrebbero dato risposte prima di quindici giorni.

La signora Crocetti continuava a non ricordare nulla. Secondo i medici del reparto bisognava aspettare almeno ventiquattro ore perché il sangue si ripulisse completamente ed era necessario che la signora riposasse.

Nardi e Gambuti, dopo aver aspettato l'arrivo dell'agente di piantone, lasciarono l'ospedale insieme al marito della signora. L'ispettore Nardi tenne per sé le considerazioni sull'agente mandato dalla questura. *Dove l'abbiamo preso questo?*, si chiese Nardi. Sembrava uno studentello delle superiori.

Dirigendosi verso l'auto, Nardi disse a Gambuti che sarebbe tornato a Tolentino: non sarebbe andato a dormire prima di aver fatto un giro per il paese e lungo la strada dove Carla Crocetti era stata ritrovata. Era da quella mattina che aveva intenzione di farlo, ma gli eventi avevano preso una piega ben diversa. Nardi dava per scontato che sarebbe andato lì da solo e che avrebbe avuto finalmente il tempo di starsene a pensare in pace. Ancora non gli era entrato in testa che, da quel pomeriggio, da solo avrebbe fatto ben poco per le indagini. Anzi, nulla.

Quando l'ispettore Gambuti gli comunicò che lo avrebbe accompagnato, il suo volto non nascose il disappunto. Non era proprio abituato ad avere tra i piedi qualcuno. Rimpiangeva già il capitano Scotti, la sua discrezione, la loro intesa spontanea. E ciò che più gli dava sui nervi era che, se si era venuto a trovare in quella situazione, poteva prendersela solo con se stesso.

Mentre percorreva i ventidue chilometri tra Macerata e Tolentino, Nardi accese l'autoradio e alzò il volume. Gambuti non fece una piega.

Durante quei ventidue chilometri, un pensiero balenò nella mente dell'ispettore Nardi: come cazzo aveva fatto quello stronzo di Roberto Calcaterra a sapere della sua convocazione in questura?

Dopo aver frenato bruscamente con l'Alfa, Nardi disse a Gambuti di prendere qualche trancio di pizza nel piccolo bar lì sulla destra. Sostenne che era meglio fermarsi lo stomaco, perché dopo non ce ne sarebbe stato il tempo. Avrebbero mangiato al volo in auto, lungo il tratto che ancora li separava dal distributore di metano. Gambuti non fece storie e capì che la richiesta non era dettata solo dalla questione tempo: probabilmente Nardi voleva evitare ogni imbarazzo quando sarebbe arrivata l'ora della cena.

Giunsero al distributore del metano con la bocca ancora piena e l'ultimo trancio in mano.

«Andiamo» disse Nardi lanciando la pizza nel cartone. Gambuti ubbidì.

Del personale che quella mattina aveva visto spuntare la sagoma barcollante della Crocetti era rimasto soltanto il titolare; i due impiegati avevano già smontato. Tutti e tre, a ogni modo, erano stati già interrogati dai carabinieri durante la giornata, spiegò il titolare. Alla domanda di Nardi, indicò la direzione dalla quale la donna era provenuta, ribadendo che, al di là di quella donna, non avevano scorto nulla di particolare come auto in lontananza o qualcosa di anomalo e degno di nota, per esempio il passaggio di facce nuove o clienti occasionali.

Dopo avere ringraziato il titolare del distributore, Nardi e Gambuti risalirono in macchina. Allo stop Nardi girò a sinistra per Urbisaglia – Abbadia di Fiastra – e percorse circa tre chilometri indietro nella direzione che gli era stata indicata.

«Le case prima del distributore sono soltanto tre a destra e una a sinistra» disse Gambuti.

«Questo l'ho visto anch'io. Direi che è ora di andare a fare delle visite.»

Nelle prime due case abitavano due coppie di anziani. I grossi cumuli di neve davanti ai portoni confermavano la loro versione: da tre giorni non mettevano il naso fuori di casa. L'ispettore garantì loro che, nella giornata seguente, avrebbe mandato qualcuno a spalare, ma li redarguì per non essere stati loro stessi, nel frattempo, a richiedere un intervento, rimanendo di fatto bloccati.

La terza casa era vuota. Un cartello attaccato al cancello d'ingresso recava la scritta *Vendesi*.

***

22.00

«E questo per voi sarebbe "arrivare subito"?» disse Nardi all'indirizzo dei due agenti appena scesi dall'auto. «Facevo prima a sbrigarmela da solo» rincarò.

I due agenti trovarono Nardi e Gambuti davanti all'abitazione; poco distante da loro, un uomo dai capelli lunghi era seduto per terra, ammanettato a una ringhiera.

«Raccattate quell'elemento e portatelo in caserma. Si chiama Moreno Cingolani. Va torchiato a modo.»

Cingolani aveva accolto in casa i due ispettori con una mise da perfetto gentiluomo: vestiti lerci, barba incolta, capelli unti; ai piedi, nonostante la neve, indossava un paio d'infradito. Non appena aveva aperto bocca, l'ambiente, se possibile, si era saturato ancora più di alcol.

Di fronte alle domande e poi alle pressioni di Nardi, Cingolani si era messo subito sulla difensiva. I due ispettori avevano intuito all'istante che l'uomo tentava di nascondere qualcosa e che conosceva la donna che gli era stata mostrata nella foto. Una volta messo alle strette, Cingolani aveva perso completamente la testa: aveva iniziato a urlare, cercando di buttare fuori di casa i due visitatori. A quel punto era stato bloccato e ammanettato.

In questura, Cingolani confessò ciò che era accaduto quella mattina, negando però decisamente che lui fosse il sequestratore della donna. L'ispettore Nardi, nelle prime ore della notte, confermò a Cingolani lo stato di arresto presso il carcere di Monteacuto per violenza sessuale, omissione di soccorso e resistenza a pubblico ufficiale.

Ordinò a Gambuti di occuparsi personalmente di scartoffie e dettagli: ottenere un mandato di perquisizione per la casa, far analizzare lo sperma del reietto e confrontarlo con quello trovato addosso alla donna, rilevare le impronte digitali e le tracce di saliva sulle due tazzine sporche di caffè trovate sopra il cucinino, che Nardi si era portato via come antipasto, prima della perquisizione ufficiale, giusto per non sbagliare.

03.30

Finalmente nel suo letto.

Finalmente a riposo. Finalmente una pausa.

O forse no.

Non c'era verso di dormire. Non dopo quella giornata di merda, che aveva quasi mandato per aria il suo culo e comunque gli aveva distrutto il fegato per la bile. Non dopo l'ennesimo scontro con Oriana, di cui per l'ennesima volta si era scordato l'esistenza e con cui sembrava impossibile, oramai, ripristinare uno straccio di legame. Non ne aveva la forza.

Oriana, che adesso gli dava le spalle nel letto – chissà perché ancora lo condividevano – aveva pianto. Capiva che lui faceva un lavoro duro, senza orari, eccetera eccetera eccetera; l'aveva sposato sapendolo, aveva vissuto con lui accettandolo, venendoci a patti. Ma le cose da tempo ormai stavano cambiando, lui stava cambiando: erano settimane, gli aveva detto Oriana tra i singhiozzi, che nemmeno chiedeva più notizie di Mattia da Genova. Non poteva credere che si fosse arrivati a tal punto, non poteva credere che fosse solo per il lavoro.

«Chi è?» gli chiese. «Dimmi almeno che c'è un'altra, così la facciamo finita.»

Piero avrebbe solo voluto dormire, era a pezzi. Le disse di smetterla, di non fare pensieri assurdi, che non c'era nessun'altra. Poi si girò, dandole le spalle e rassegnandosi a passare l'ennesima notte insonne.

9 marzo 2015

07.05

Antonio Zucchi e Piero Nardi parcheggiarono contemporaneamente, uno accanto all'altro. Scesero dall'auto, accompagnati dal rumore simultaneo di due portiere. Si guardarono, si salutarono contemporaneamente e si fecero la stessa domanda.

«Novità?»

A quel punto l'ispettore, per svincolarsi da quel gioco di specchi che lo stava conducendo sull'orlo della bestemmia, aspettò qualche istante, e poi con un cenno invitò Zucchi a parlare per primo.

Mentre s'incamminavano a passo veloce verso l'ingresso, Antonio rispose che da parte sua, purtroppo, non c'era nessuna novità. Il sintetico racconto dell'ispettore su quanto accaduto la sera precedente terminò davanti alla porta chiusa della stanza riservata a Carla Crocetti.

«Lei è ancora qui?» chiese l'ispettore al piantone.

«Sono arrivato da poco. Ho il turno delle sette» gli rispose il ragazzo timidamente.

«Ha smontato ieri sera e l'hanno fatta tornare stamattina?»

«Dicono che c'è poco personale a disposizione, bisogna fare così.»

«Quanti anni ha lei?» chiese Nardi.

«Ne ho ventuno, ispettore.»

«Come ti chiami?» disse Nardi passando al tu.

«Colasanti.»

«Colasanti, oggi pomeriggio fatti una bella dormita.»

«Certo, ispettore.»

Zucchi tamburellò leggermente sulla porta e la aprì senza attendere risposta dall'interno della stanza.

Vi trovò Gianna, un'infermiera alta più di un metro e settanta, con un faccione scurito dalle occhiaie e un casco di capelli folto e nerissimo.

«Se trova la porta chiusa, ci sarà un motivo» lo apostrofò.

Zucchi ignorò del tutto l'affermazione della donna e si avvicinò alla moglie, distesa a letto in dormiveglia.

«Sono io, amore. Come stai?»

Carla per un attimo aprì gli occhi. Poi si girò sull'altro fianco e si rimise a dormire.

Intanto l'infermiera, rivolta adesso all'ispettore, continuava imperterrita la lezione sul comportamento che avrebbero dovuto tenere i visitatori, marito e forze dell'ordine compresi. Sospese il monologo solo dopo che l'ispettore le ebbe ripetuto per tre volte le sue scuse, anche a nome di Antonio.

Dopo essere riuscito a rabbonirla, Nardi si fece aggiornare sulle novità.

Intorno alle tre di notte, la paziente era uscita dalla camera come uno zombie, aveva chiesto al piantone dove si trovasse e aveva detto di dover andare bagno. Il piantone aveva subito chiamato lei e Gianna l'aveva accompagnata al bagno. Successivamente l'aveva aiutata a rimettersi a letto.

Non è un grosso passo avanti per le indagini, valutò Nardi.

Non c'era molto da fare, lì in ospedale. Piuttosto, si poteva cercare di capire se, durante la notte, Cingolani avesse rivisto la propria posizione. E poi bisognava raggiungere quel coglione di Gambuti in questura. Dovevano organizzare il rinforzo del servizio d'ordine per le strade: se Cingolani e Nessuno non erano la stessa persona, a breve ci sarebbe stato un nuovo sequestro.

09.15

«Hai visto che storia è venuta fuori?» disse Walter.

«Non vivo su Marte» gli rispose Mario, senza sollevare lo sguardo dalle tazzine che stava sciacquando.

«Era come ti dicevo: se non si tratta di un nuovo serial killer, di sicuro abbiamo a che fare con un altro sequestratore.»

«Ancora con questa storia? Su Video Tolentino hanno detto che non si sa se si tratta di un rapimento o di fuga spontanea.»

«Su Video Tolentino sono degli imbecilli incompetenti. Hai letto cosa riporta il *Corriere Adriatico*?»

Mario a quel punto sollevò lo sguardo in direzione del suo cliente.

«Davvero, non so che gusto ci trovi, un vecchio come te. Be', falla corta. Che dicono?»

«Nardi a quanto pare sapeva tutto fin dall'inizio. Era stato avvisato con una lettera direttamente dal pazzo, alcuni giorni prima della scomparsa della donna. E quel coglione non gli ha dato peso, e se l'è tenuto per sé. Dice che è stato per non diffondere il panico nel paese.»

«Io non ci credo a queste stronzate. È per gente come te che le scrivono sui giornali.»

Walter era pronto a rispondere a tono, ma preferì fermarsi e concentrarsi sulla sua tazza di tè. Nel bar erano entrati due clienti. Attese che ordinassero i loro caffè, che se li bevessero al banco e che sparissero fuori dalla porta dalla quale erano entrati.

«Dici che sono stronzate? Eppure quello che si legge nell'articolo è molto circostanziato. Se sono proprio stronzate, caro Mario, potevano inventarsele meno nel dettaglio, non credi?»

«Non so di cosa parli.»

«Della lettera! Di che dovrei parlare? Il pazzo ha avvertito che sequestrerà quattro donne. Ne rilascia una e se ne prende un'altra. Che ne dici?»

«Ti dico che Nardi sarà pure un coglione, ma secondo me ha fatto bene a tenersi per sé la notizia della lettera.»

«Tu sei tutto scemo.»

«Tutto scemo? Adesso mi spiego perché fuori non passa una donna. Siamo tornati a quattro mesi fa.»

«Il tuo amico Scatozzi non smette di fare casini neanche da morto.»

«Mi dici in tutto questo che cazzo c'entra Fabio?» Mario questa volta era davvero furioso.

«Cosa c'entra? C'entra che qualche maniaco squilibrato lo sta prendendo a modello, non ti pare? E adesso sai che succede?»

Mario non aveva alcuna voglia di rispondere a quella domanda.

«Succede che presto qualcuno denuncerà la scomparsa di un'altra donna» concluse Walter.

***

11.15

«Mi faccia una cortesia» disse Nardi a Gambuti, alla sua destra, sul sedile del passeggero. «Chiami Scotti dal mio cellulare e lo metta in vivavoce.»

Gambuti afferrò il cellulare che Nardi gli stava porgendo, mentre lui continuava a correre furioso sulla statale.

Prima di inoltrare la chiamata disse: «Non è il caso di rallentare?».

Nardi lo fulminò con lo sguardo.

Al terzo squillo, la voce del capitano Scotti riempì l'abitacolo dell'Alfa.

«Nardi, buongiorno.»

«Buongiorno un cazzo, capitano. Mi dica che non è stato lei.»

«A fare cosa?»

«A non farsi i cazzi suoi.»

«Nardi, si dia una calmata e mi faccia capire.»

«Non ha visto il *Corriere Adriatico*, stamattina? Chi cazzo ha detto a Calcaterra della lettera?!» urlò Nardi.

D'istinto Gambuti sobbalzò e si scostò leggermente verso il finestrino. Nardi aveva tirato fuori tutti i decibel a disposizione.

Piccola pausa.

«Porca troia, Scotti! Ma che cazzo le salta in mente!» Uscirono anche i decibel di riserva.

Scotti fece passare qualche secondo di silenzio, sperando che potesse essere utile a placare Nardi. Poi, nonostante l'aggressione, cercò nel suo registro il tono più conciliante di cui fosse capace.

«Nardi, sul serio, le sembra possibile? Ho letto il *Corriere*, certo. Dev'esserci stata una fuga di notizie, lo sa meglio di me che quello è un avvoltoio.»

Nardi chiuse la conversazione con una specie di grugnito. Poi premette a fondo l'acceleratore dell'Alfa, che rispose con un urlo. Si dirigevano verso casa di Cingolani. L'ispettore voleva arrivare sul posto mentre la perquisizione era ancora in corso.

Gambuti cominciava a fare i conti con il carattere di Nardi: era sorpreso e anche spaventato dalla sua irruenza. Dal canto suo, cercava di non diventare l'oggetto di quelle ire. Nella mattinata, come richiesto dal suo capo, aveva spinto per una sostanziale accelerazione dei test su sperma e impronte.

Mentre si accingevano a prendere l'uscita Tolentino est della statale, arrivò la chiamata della squadra incaricata dell'ispezione. L'agente avvertì Nardi che stavano tornando in centrale perché la perquisizione era terminata. Di possibile interesse, all'interno della casa, avevano rilevato soltanto un vecchio telefonino Nokia, un paio di guanti e un blocchetto con degli appunti scritti in una grafia incomprensibile.

Nardi lanciò una bestemmia e prese la rotatoria per ritornare in questura. Aveva corso per nulla.

Il breve tragitto verso Macerata fu accompagnato dalle novità provenienti dall'ospedale. Erano già arrivati i risultati dell'esame tossicologico, aveva spiegato Zucchi in vivavoce. Esito negativo: nessuna assunzione di sostanze stupefacenti. Nel sangue di Carla, piuttosto, erano stati rilevati acido nitrico, idrogeno e ossigeno in quantitativi anormali. Sarebbero stati necessari ulteriori accertamenti, ma la prima idea era che sostanze chimiche fossero state inoculate alla vittima tramite iniezione: erano diverse le ecchimosi da puntura, come già verificato al pronto soccorso. Il dottor Vissani, di turno al reparto, aveva ordinato nella giornata una risonanza magnetica. Sembrava convinto – anche se non si era sbilanciato troppo – di poter accostare il comportamento di Carla a quello di una persona affetta da Alzheimer.

Il resoconto di Antonio si chiuse nel momento in cui gli ispettori parcheggiarono davanti alla questura.

Vista l'ora, Gambuti chiese una pausa pranzo, il tempo di un tramezzino e un caffè. Il capo seccamente lo invitò a servirsi del distributore automatico all'interno della questura, sottolineando che non potevano permettersi di perdere altro tempo.

Nel primo pomeriggio i controlli sulle strade in provincia e soprattutto a Tolentino furono triplicati. L'ispettore aveva coinvolto tutte le forze dell'ordine disponibili, dalla municipale ai carabinieri. Fu Gambuti a occuparsi diplomaticamente del coordinamento con Scotti.

Passavano le ore e Nardi si sentiva impotente. Non aveva indizi e non sapeva da che parte cominciare per scovare il sequestratore.

Le donne, stando alla lettera di Nessuno, avrebbero avuto tutte qualcosa in comune. Be', se non c'erano almeno due casi da confrontare, non era certo possibile trovare un collegamento: tutte le supposizioni sarebbero state inutili. Disgraziatamente bisognava aspettare il nome della seconda vittima.

Al momento, l'unica speranza che aveva di porre fine a quell'incubo era cogliere in flagranza Nessuno. Una speranza che aveva tanto il sapore amaro di un alibi.

10 marzo 2015

16.45

«Ho interpellato alcuni colleghi di Modena, i numeri uno in materia, e anche loro mi hanno confermato che siamo alle prese con un caso anomalo, che non rientra nel normale decorso della malattia.»

Il professor Claudio Vissani, seduto alla sua scrivania e con l'esito della risonanza nella mano sinistra, tentava di spiegare ai familiari, seduti di fronte a lui, la situazione clinica di Carla Crocetti a due giorni dal ritrovamento.

«Solitamente, la formazione della sostanza neurotossica, la beta amiloide, avviene lentamente nel cervello, conducendo il paziente che ne è affetto alla morte neuronale. Nel caso di sua moglie» disse rivolgendosi a Zucchi «tutto è successo in sette giorni e questo, francamente, a me e ai miei colleghi risulta impossibile.»

Antonio era accasciato con i gomiti sulle ginocchia e le mani sul volto.

«Ora non sto qui a farvi una lezione sull'Alzheimer o a sciorinarvi la casistica. Posso dire per certo però, dopo la visita e il colloquio con la signora Crocetti e le risposte dell'esame, che la signora ne presenta i sintomi.»

«Non è possibile fare qualcosa, professore?» chiese timidamente Franco, come se sapesse già la risposta.

«Una volta che queste sostanze tossiche si depositano nel nostro cervello, purtroppo non c'è modo di asportarle. È un processo irreversibile.»

«Quanto le resta?» riuscì a chiedere Antonio, con un filo di voce tremante.

«Su questo, mi dispiace, non sono proprio in grado di darle una risposta.»

19.50

Marco. Nella mano sinistra un bicchiere di Campari con fetta d'arancia, nella destra un Samsung S4. Mentre sorseggiava alla cieca il suo aperitivo, il pollice scorreva agile e veloce sullo schermo.

«Anche te sei sprofondato nella trappola!» gli disse Mario.

Marco non rispose. Mario continuava a fissarlo.

«Ohi, dico a te» disse Mario allungandosi sopra il bancone, arrivando a un palmo dall'orecchio del suo cliente.

«Ho capito. Finisco di leggere questa conversazione, poi ti rispondo.»

«Voi mi state togliendo quella poca voglia di stare dietro un bancone che mi è rimasta. Entrate, ordinate e vi chiudete su quei cosi senza dire neanche una parola, fosse anche il più stupido dei "grazie". Certe volte vi vedo che cercate il bicchiere sopra il bancone come se foste bendati.»

«Mario, non fare il vecchio e fattene una ragione!»

A Mario mancava molto l'atmosfera vecchio stile del bar. Quei «maledetti aggeggi», come li chiamava lui, avevano rovinato le «sincere conversazioni». Dal barista che era stato, si stava trasformando in un distributore automatico, una di quelle macchinette che macinano caffè con un braccio meccanico e che ti mettono il bicchierino quasi in mano. Ma le «sincere conversazioni» che gli mancavano di più erano quelle con il suo amico Fabio: erano momenti a cui pensava e ripensava in continuazione. Più i giorni passavano, più lui si sentiva solo, senza un amico, un amico vero, quello di cui tutti hanno bisogno.

Era da più di vent'anni che tutte le mattine Marco si ritrovava con il suo socio al garage, caricava il furgone per la giornata e poi partiva verso l'ennesima parete da pitturare. Indossava una tuta da lavoro che un tempo era stata bianca, e che ormai aveva assunto l'aspetto di un quadro di Pollock. A fine giornata, prima di rientrare a casa, si fermava quasi sempre da Mario. Prendeva le sue Lucky Strike e, se non era troppo tardi, ci aggiungeva uno o due Campari.

«Fammene un altro» disse a Mario. «E mettici anche un po' di spumante.»

Mentre preparava lo spritz, il cellulare di Marco prese a suonare. Se lì al bar ci fossero stati altri clienti, Mario li avrebbe visti guardarsi l'un l'altro come a chiedersi: «È il mio o il tuo?». Avevano tutti quella suoneria.

«Amore, dimmi» disse Marco al telefono.

Dall'altra parte, silenzio.

«Tiziana, mi senti?»

Marco staccò il cellulare dall'orecchio e osservò il display, controllando che non fosse caduta la linea.

«Amore? Pronto?» riprovò.

«Il tuo amore è qui con me» gli rispose una voce contraffatta.

Marco per un attimo rimase perplesso. Poi capì.

«Sauro, sei un coglione! Ma non hai niente da fare? Smettila di fare l'imbecille e passami Tiziana.»

«Tiziana è in cura da me.»

La voce pronunciò lentamente quella frase.

«Sauro, basta. È uno scherzo del cazzo. Finiscila.»

«Quando la rivedrai, sarà una nuova moglie, migliore di prima. Farò presto, la cura dura sette giorni.»

La conversazione si interruppe.

Marco richiamò dalla rubrica il numero di sua moglie. Era già irraggiungibile.

Mario capì che non era il caso di servire lo spritz.

00.00

«Nessuna parentela, nessuna amicizia comune, a quanto pare. Le due donne hanno frequentato la stessa scuola media, ma in classi diverse.»

«Se sono questi gli accertamenti fatti, ispettore Gambuti, ha solo perso del tempo: sapevo già che non sarebbe stata una banalità del genere a collegarle.»

L'ispettore Nardi continuava a girare concitatamente attorno al tavolo. Gambuti era seduto davanti al suo computer, alla sua destra Antonio, alla sinistra Marco Ruffini che da due ore non si dava per vinto: provava e riprovava a contattare Tiziana al cellulare. Il risultato era sempre lo stesso. L'uomo dalla voce contraffatta aveva spento il telefonino e sicuramente se ne era già liberato per non essere individuato.

Nella tarda serata i risultati degli esami delle impronte digitali sulla tazzina e dello sperma avevano inchiodato definitivamente Moreno Cingolani. Ma di certo l'uomo poteva essere etichettato «solo» come violentatore. Per quanto riguardava il sequestro di Tiziana Fardella, aveva un alibi di acciaio inossidabile: si trovava in custodia cautelare.

Nardi e Gambuti cercarono di tirare le somme di quanto era avvenuto, ricostruendo i fatti e organizzando il programma degli interrogatori del giorno dopo. Stamparono tre copie, due per loro, una per il questore.

Macerata, 10/03/2015

Tiziana Fardella, 12/05/1981, coniugata dal 2010 con Marco Ruffini, residenti entrambi a Tolentino in viale Bruno Bozzi 54 (palazzina di quattro appartamenti in due piani). Lui libero professionista (imbianchino), lei disoccupata. Entrambi senza precedenti penali.

Marco Ruffini esce di casa all'alba per andare a lavoro. La moglie è a letto e dorme. È questa l'ultima volta che la vede. La Fardella sapeva che il marito non sarebbe tornato per il pranzo. Stando a Ruffini, nella mattinata la moglie sarebbe uscita per la spesa; nel primo pomeriggio si sarebbe recata presso la palestra PowerFit, in via della Repubblica, per la lezione di zumba, attività che segue due volte a settimana.

Ruffini e Fardella non si sentono per il resto della giornata. Cosa, sempre da dichiarazioni di Ruffini, non anomala.

Intorno alle 20 Marco Ruffini si trova a Tolentino presso il bar La Stuzzicheria, in via XXX giugno. Riceve la telefonata di Nessuno, tramite il telefonino di sua moglie. Descrive la voce dall'altra parte come «metallica», «contraffatta».

La telefonata è breve: Nessuno gli dice che rivedrà sua moglie tra sette giorni, poi riattacca il telefono. Il telefono, già subito dopo la fine della conversazione, risulta spento.

Alle 20.04 Marco Ruffini allerta il 112. I carabinieri, a loro volta, avvertono la questura di Macerata.

MERCOLEDI 11 MARZO – QUESTURA

08.15 – Saverio Fardella (fratello di Tiziana Fardella)
09.15 – Genitori di Tiziana Fardella
10.15 – Luca Di Lauro (istruttore presso la palestra PowerFit)
11.15 – Giulia Spoletti (amica di Tiziana Fardella)
12.15 – Mario Mariani (titolare del bar La Stuzzicheria)

Il posto

La donna apre gli occhi nel buio della stanza e non riesce a capire dove si trova.

Si rende subito conto che il corpo è bloccato: polsi, caviglie, bacino. Un foulard nero le imbavaglia la bocca. Solleva il capo di qualche centimetro mentre i suoi occhi si abituano lentamente alla fievole luce della luna che oltrepassa il vetro della finestra alla sua sinistra. Per primi distingue i suoi seni, nudi, come il resto del corpo.

I suoi occhi percorrono la stanza, piena di ombre oscure. Sotto la finestra, il barlume di una fiammella blu con striature arancio, che ormai si sta spegnendo.

Le prime lacrime le rigano le guance e vanno a depositarsi nel bavaglio che le corre intorno al viso. Le lacrime diventano singhiozzi. Ripensa a cosa le è successo prima di addormentarsi e di risvegliarsi in quel posto. Non riesce a capire come sia accaduto; meno che mai, riesce a capirne il perché. Ricorda bene con chi si trovava.

A interrompere il flusso sconnesso dei suoi pensieri, giunge il suono del motore di un'auto e lo stridio dei suoi pneumatici che girano sopra il terreno bagnato. Qualcuno è arrivato. La donna non sa se sperare o temere.

Il suo cuore inizia a battere frenetico.

Dal vano senza porta alla sua destra arriva una luce, instabile, mobile.

Quando una figura appare, dietro il cerchio di luce che ora illumina la stanza, il cuore della donna rallenta i battiti. Si tranquillizza: lei conosce bene quella figura, pensa che non le farà mai del male. Poi, in un istante, ecco che tutto ritorna: la persona che le sta davanti è la stessa che le ha premuto con forza un panno bianco sul viso, prima che tutto diventasse buio. La paura, che per qualche secondo l'aveva abbandonata, torna a impossessarsi del suo corpo.

«Scusami se ti ho lasciata al buio, non pensavo di fare così tardi. Stai bene?»

Nessuno apre il primo cassetto del comò, tira fuori tre lunghe candele e le sistema in un candelabro. Le accende, poi spegne la sua torcia, e una tremolante luce aranciata si impadronisce della stanza.

«Romantico, no?» le sussurra a pochi centimetri dal viso.

La donna non prova nemmeno a rispondere, a emettere un fiato. Sono i suoi occhi, sbarrati, increduli, impauriti, ad andare in cerca di risposte.

«Non ti farò del male» le dice Nessuno sedendosi sul letto e sfiorandole la coscia con due dita. Poi le si sdraia vicino, a pancia in su, senza toccarla, fissando il soffitto e le sue crepe.

«Non devi avere paura» le dice. «Ti assicuro che andrà tutto bene. Starai meglio, credimi. Lo faccio anche per te.»

Nessuno resta a lungo lì, in silenzio, di fianco alla sua seconda preda, la seconda vittima. Sospira.

«Avanti» dice alla fine quasi tra sé e sé. «Cominciamo.»

11 marzo 2015

12.20

Quando Mario, con una telefonata al centralino della questura, fece sapere di non poter arrivare all'appuntamento, l'ispettore Nardi, già nervoso, andò su tutte le furie.

Delle conversazioni avute nella primissima mattinata, sia con i genitori e il fratello di Tiziana Fardella, sia con la sua amica d'infanzia Giulia Spoletti, nulla gli era tornato utile. Com'era lecito aspettarsi, erano tutti concordi. Avevano raccontato di una figlia, sorella e amica che mai aveva creato un problema in famiglia, mai aveva parlato male del marito o delle sue amiche, mai aveva litigato con chicchessia, mai aveva abusato di alcol, mai aveva fatto uso di droghe, mai aveva frequentato cattive compagnie. Alle orecchie dell'ispettore, la signora Fardella era sostanzialmente più immacolata della Santa Vergine.

Luca Di Lauro, l'istruttore di zumba, si era rivelato disponibile, ma comunque impacciato e teso. Aveva confermato che

Tiziana, il giorno prima, si era presentata come sempre alla lezione delle sedici, e no, non sembrava ci fosse nulla di strano o di diverso dal solito, non sembrava preoccupata o nervosa, nulla di anomalo. Come di consueto, Tiziana, dopo la lezione e la doccia, si era soffermata qualche minuto a chiacchierare con le compagne di corso; poi aveva lasciato la palestra, più o meno alle sei meno un quarto.

L'istruttore aveva poi fornito a Gambuti nomi e numeri delle altre donne iscritte al corso. Gambuti le aveva prontamente rintracciate e ascoltate telefonicamente, per fare l'ennesimo buco nell'acqua.

Il motore dell'Alfa 156 urlava minaccioso verso il bar di Mario Mariani.

Gambuti osservava Nardi alla guida: il suo volto contratto, per non dire ferocemente incazzato, non prometteva nulla di buono. Probabilmente avrebbe dovuto dirgli qualcosa, per evitare che, come una scheggia impazzita, entrasse nel bar sbraitando rabbia verso il primo che capitava, ma aveva paura che potesse diventare lui stesso quel «primo che capitava». Doveva ancora prendere le misure, con Nardi.

Una volta parcheggiato davanti al bar, la furia con cui Nardi sbatté la portiera della 156 si scontrò, sulla soglia, con la placida e incrollabile calma sorniona di Aldo, un ultraottantenne dall'aspetto improbabile, con il cappello in testa, la giacca marrone, e un mezzo toscano che gli pendeva dalle labbra. Sembrava il Clint Eastwood di un universo parallelo: l'attore, non rassegnandosi allo scorrere del tempo e ostinatamente legato al proprio ruolo, aveva mantenuto lo stile da spaghetti-western. Senza che Nardi gli si presentasse, senza che Nardi gli chiedesse alcunché, senza nemmeno sollevare lo sguardo al suo indirizzo, Aldo gli disse soltanto: «Non lo trova. È uscito».

«Come ha detto, scusi?»

«Sta cercando Mario, no?»

«Senta, abbia pazienza...»

«Più pazienza di così. In ogni caso, non lo trova. È uscito» ripeté Clint.

Nardi guardò Gambuti: a Tolentino la gente aveva definitivamente sbroccato. I due ispettori oltrepassarono il vecchio e fecero il loro ingresso nel bar.

All'interno Rosa, la moglie di Mario, passava lo straccio imprecando contro i soliti maleducati, che non riuscivano a fare colazione senza creare il finimondo sul pavimento, e contro suo marito che, come al solito, lasciava a lei il compito di pulire. Al tavolo in fondo, in disparte, un cliente sorseggiava il suo quarto o quinto Campari della mattinata, fissando Rosa mentre faceva le pulizie e fantasticando su quello che avrebbe potuto fare con quel seno prosperoso.

«Fate attenzione» disse Rosa. «Se scivolate, non voglio responsabilità: il cartello è ben visibile.»

Nardi e Gambuti si bloccarono all'istante, come bambini in una posa da un due tre stella. Il cavalletto giallo, con quell'omino stilizzato che scivola come un deficiente, l'ispettore non lo aveva proprio visto.

«Mi scusi, signora, cercavo il signor Mariani.» Come al solito, Nardi aveva parlato al singolare.

«Mio marito è uscito.» Rosa adesso era ferma, appoggiata con un braccio sul bastone del suo SuperMocio.

«Suo marito aveva un appuntamento in questura, questa mattina. Ha chiamato dicendo che non poteva presentarsi, perché impossibilitato a lasciare il lavoro. Come vede, gli sono venuto incontro.»

«Ancora non gli date pace? Non è bastato quello che è successo quattro mesi fa? Forse è il caso che lo lasciate un po' tranquillo, non vi pare?»

«Signora» intervenne Gambuti «non ha tutti i torti. Ma le assicuro che non dipende da noi. Può dirci dove possiamo trovarlo?»

Mentre Rosa si prendeva un paio di secondi prima di rispondere, Gambuti riuscì a leggere condiscendenza nello sguardo che Nardi gli stava rivolgendo.

«È andato in banca. Accomodatevi, potete aspettarlo qui. Tra non molto dovrebbe tornare.»

14.00

L'attesa si protrasse più del previsto, cosa che rese Nardi nuovamente molto, molto nervoso. Durante quell'attesa, l'ispettore aveva ripetutamente minacciato Rosa, dicendole che se Mario non fosse arrivato entro un minuto, avrebbe richiesto un mandato di arresto. Rosa nel frattempo aveva chiamato il marito tre volte, e per tre volte lui le aveva risposto allo stesso modo: «Digli che non mi devono rompere i coglioni». Dopo quelle brevi ma intense conversazioni, Rosa aveva riferito che era questione di attimi, Mario era in strada, e aveva cercato di ammansire i due offrendo qualcosa – una pizzetta, un Chinotto – che Nardi aveva rifiutato seccamente.

Quando Mario si materializzò sulla porta del bar, l'ispettore gli si fece incontro senza troppi preamboli.

«Signor Mariani, lei oggi sta scherzando con il fuoco. Prima non si presenta a una convocazione ufficiale da parte della polizia, poi ci tiene qui fermi per più di un'ora, mentre fuori c'è un pazzo a piede libero. Si rende conto della posizione in cui si sta mettendo?» Il tono della voce era alto e duro.

«Si rende conto lei che sono cinque mesi che mi state addosso? Non ne posso più di voi! Cosa cazzo c'entro io con questa storia? Me lo dica subito.» Il tono di Mario non era da meno; era infastidito e agitato, detestava quella visita.

«Andiamo in questura senza troppe storie: lei è l'unico testimone della telefonata ricevuta ieri da Ruffini.»

«E cosa vuole che le dica, più di quello che sicuramente già sa? Ecco la deposizione, ispettore» disse in tono di sfida. «A Marco suona il cellulare. La moglie lo sta chiamando. Lui risponde, solo che dall'altra parte non c'è lei. Lui pensa a uno scherzo, si rivolge a un certo Sauro, che evidentemente deve essere un cazzone con un pessimo senso dell'umorismo. Poi però deve aver capito che 'sto Sauro non c'entrava niente. Finisce di parlare al telefono, mi guarda, e ha la faccia di uno che non sa che pesci pigliare. Mi dice: "Mario, mia moglie...". Io gli stavo preparando da bere, all'inizio non c'ho capito niente e gli ho detto: "Tua moglie cosa?". A quel punto...»

«Mariani» lo interruppe Gambuti. «È inutile che prosegua. Quantomeno, è inutile che prosegua qui. Glielo dico sinceramente: se non vuole passare un guaio, venga con noi in questura. Non faremo altro che mettere a verbale quello che ha iniziato a raccontarci. Glielo ripeto: fossi in lei, eviterei le conseguenze di un rifiuto a questa nostra richiesta.»

Dopo lo sbaglio di aver tenuto per sé la lettera di Nessuno, Nardi non riusciva più a svolgere il lavoro come avrebbe voluto, con scioltezza. Sentiva di dovere riparare a quella mancanza, soprattutto per riacquistare fiducia in se stesso. Ma aveva addosso il peso e la paura di sbagliare. Per di più, sentiva il fiato sul collo del suo collaboratore Gambuti, quasi fosse una spia del questore.

Registrata la testimonianza e congedato Mariani, i due ispettori si ritrovarono uno di fronte all'altro, in silenzio, senza sapere da che parte ricominciare.

Decisero che – silenzio per silenzio – intanto potevano mettere qualcosa nello stomaco. Dopo un paio di tramezzini e un caffè del distributore automatico, Nardi prese la parola, più per senso del dovere che per proporre qualcosa di concreto.

«Okay, facciamo il punto della situazione e partiamo dall'inizio: arriva questa maledetta lettera, in cui uno stronzo che non ha di meglio da fare mi lancia una sfida...»

«Nardi.»

«Sì?»

«Abbiamo riesaminato i fatti centinaia di volte.»

«Gambuti, ha qualcosa di meglio da suggerire?»

Gambuti fissò Nardi dritto negli occhi.

«In effetti, se permette, sì.»

23.55

Dal cielo veniva giù talmente tanta acqua che i tergicristalli, al massimo dello sforzo, non facevano in tempo a ripulire il parabrezza dell'Alfa. Ai bordi della strada, i cumuli di neve diventavano pozzanghere nere. L'ispettore Nardi stava rientrando nella sua abitazione.

I quattro delitti commessi da Scatozzi nei confronti di altrettante donne – a cominciare da sua moglie – e il successivo suicidio potevano avere un seguito, secondo il ragionamento dell'ispettore Gambuti: chi aveva mandato la lettera, Nessuno, poteva essere legato a quella storia, magari qualcuno che adesso si vendicava del fallimento dell'indagine, mettendo alla prova l'ispettore Nardi. Nessuno poteva anche essere un amico o un parente delle vittime, o un amico di Scatozzi. Bisognava passare in rassegna almeno i contatti più stretti.

Nardi aveva ammesso a se stesso che si trattava di una buona pista. I due, all'interno della questura, si erano messi subito al lavoro. Riesaminando le carte del caso Scatozzi, avevano compilato un elenco di tutte le persone che avrebbero potuto rintracciare e convocare.

Gambuti, che pure non aveva preso parte alle indagini di quattro mesi prima, sembrava quasi saperne di più dello stesso Nardi. Dopo il conferimento da parte del questore dell'incarico di affiancare Nardi, si era studiato tutti i fascicoli riga per riga.

Quel pomeriggio erano riusciti ad ascoltare soltanto Mauro Molinari, amico intimo di Fabio Scatozzi, e Alberto Ferranti, uno degli amanti di Sonia, la moglie di Scatozzi. Entrambi interrogati nelle proprie abitazioni, entrambi ancora sconvolti dalla vecchia storia. Ai due ispettori avevano risposto di non conoscere in alcun modo le donne sequestrate da Nessuno e dato delle motivazioni più che convincenti sulla loro estraneità alla vicenda.

Mentre lasciava la macchina in garage, i suoi pensieri non più distratti dai numerosi lampi che illuminavano a giorno la strada, Nardi compilò mentalmente l'elenco delle persone che il giorno successivo avrebbe interrogato e, a ogni persona, già attribuiva le risposte.

Era frustrato. E il fatto che fosse stato Gambuti a dare nuova linfa alle indagini, il fatto che fosse stato Gambuti, e non lui stesso, a ritrovare la lucidità per quell'intuizione tutto sommato ovvia, non faceva che accentuare la frustrazione, facendola sconfinare nella rabbia.

Quando entrò in casa, sentì una morsa angosciosa serrargli lo stomaco. Era in quei momenti che aveva bisogno di ritrovare serenità, era in quei momenti che gli sarebbe servita una parola, un gesto, qualcosa di intimo e caro che solo dentro casa può abitare. La realtà dei fatti, come una sveglia dimenticata che suona all'improvviso, gli si parò davanti più che mai concreta: la casa era in silenzio, nel buio della sera.

Come ispettore, aveva fallito e stava continuando a fallire. La sua vita sentimentale era una merda e il rapporto con Oriana stava andando a puttane.

Non ebbe neanche il coraggio di entrare in camera da letto. Si stese sul divano senza togliersi i vestiti di dosso e pregò di addormentarsi il prima possibile.

12 marzo 2015

09.05

«Gli omicidi seriali sono quasi sempre a sfondo sessuale. Qui non ci troviamo, per ora, di fronte a un omicidio, ma ci andiamo molto vicino. Ipotizziamo che la seconda donna rapita venga rilasciata nelle stesse condizioni della prima: perché questo criminale vuole che le sue vittime perdano la memoria? Come riesce a trasformarle in questo modo? Chiedetevi cosa può essere successo durante i sette giorni del primo rapimento, e cosa verosimilmente sta succedendo anche adesso. Cercate di pensare al nascondiglio: che posto potrebbe essere? Dove potrebbe essere?»

Né Nardi né Gambuti interruppero il monologo del questore Marinelli.

«Se ancora non aveste fatto qualche collegamento con il caso Scatozzi, e mi auguro per voi che non sia così...» La pausa di sospensione durò il tempo necessario affinché Nardi e Gambuti, sincronizzati, rispondessero con un piccolo cenno di assenso. «... ritengo indispensabile e obbligatorio interrogare tutti i principali attori di quella vicenda.»

«Abbiamo già raccolto due testimonianze in merito, questore» disse Nardi.

«E...?»

«Nulla di rilevante, per il momento. Abbiamo stilato una lista di persone coinvolte. Le stiamo contattando, passeremo tutti in rassegna.»

«Sospetti? Avete almeno uno straccio di ipotesi?»

«Diciamo che un sospettato che fa riferimento alla vicenda Scatozzi c'è.»

Il questore e Nardi guardarono Gambuti. Il questore era in attesa, Nardi non capiva cosa stesse succedendo.

«Stiamo seguendo con particolare attenzione Mario Mariani.»

«Mariani?» disse il questore, con un tono di sorpresa.

Mariani?, avrebbe voluto dire Nardi, con un tono di sorpresa.

«Il testimone oculare della telefonata ricevuta da Ruffini?»

«Esatto, questore, quel Mariani. Non siamo nelle condizioni di escludere nulla» disse Gambuti. «Se fossero in due?»

Il questore si prese qualche secondo, prima di parlare. Nel frattempo non gli sfuggì l'espressione di Nardi all'indirizzo del suo collega.

«Signori, la situazione è quella che è: una merda. Vi chiedo un sostanziale impegno e soprattutto, se posso permettermi, un maggiore affiatamento interno, cosa che mi sembra di capire sia molto carente. Setacciate le strade, avete carta bianca, e vi metto a disposizione tutte le forze possibili. Nel giorno del probabile rilascio della donna, dovete cogliere questo psicopatico con le mani nel sacco. Detto questo, sappiate che avete poco tempo: se i risultati non arrivano, sarò costretto a togliervi dall'incarico.»

Dopo quella minaccia si alzò, chiuse la sua cartella e si avviò verso la porta. Rimase fermo per un attimo, come a ripensarci.

«Questa sera alle diciannove ci ritroviamo di nuovo qui. Portate novità positive.»

Uscì senza nemmeno aspettare risposta.

Il silenzio piombò nella stanza. Un silenzio freddo.

Gambuti era in attesa che Nardi, da un momento all'altro, sbottasse. Ma Nardi aveva la testa dentro una centrifuga. Era un pugile barcollante al centro del ring, in attesa soltanto che qualcuno, dal suo angolo, gettasse la spugna.

Guardò Gambuti e, senza rabbia, con un filo di voce disse soltanto: «Mariani? Ma che cosa le salta in mente?».

Gambuti gli rivolse un'espressione decisa, ma complice.

«Capo, ho improvvisato. Era necessario pararci il culo con il questore. Per il momento ha funzionato, ma non penso che...»

«Gambuti» lo interruppe Nardi.

«Dica.»

«Forse non sei così coglione come pensavo» disse rinfrancato, con un mezzo sorriso.

«La ringrazio, ispettore.»

«Va bene, cazzo» disse Nardi massaggiandosi le tempie, come a voler cercare delle forze residue. «Rimettiamoci al lavoro. E... Gaetano: non chiamarmi più "capo".»

«Era ora» disse Gambuti.

- *Mauro Molinari: amico di Fabio Scatozzi (già ascoltato)*
- *Alberto Ferranti: amante di Sonia Scatozzi (già ascoltato)*

- *Gigi Capenti: presunto amante di Sonia Scatozzi*
- *Massimiliano Rossi: padre di Stefania Rossi, seconda vittima di Scatozzi*
- *Umberto e Sauro Pompili: padre e fratello di Sara Pompili, terza vittima di Scatozzi*
- *Enrico Esposito: fidanzato di Cecilia Gatti, quarta vittima di Scatozzi*
- *Alessio e Luigi Gatti: padre e fratello di Cecilia Gatti, quarta vittima di Scatozzi*

L'elenco dei colloqui per la giornata era fitto. Avevano tempo fino alle diciannove per raccogliere informazioni e consegnare un qualsiasi aggiornamento utile nelle mani del questore Marinelli.

Appena uscirono dal portone della questura, un gruppetto di giornalisti gli venne incontro. Calcaterra comandava le file.

«Ispettore, che novità ci sono sul caso? Avete una risposta sul perché la signora Crocetti non ha più memoria? La signora Fardella sarà ritrovata nelle stesse condizioni?»

Nardi e Gambuti proseguirono dritto, senza nemmeno un cenno.

11.20

Mentre l'Alfa 156 si dirigeva spedita verso l'abitazione di Gigi Capenti, una telefonata dal comando dei carabinieri di Tolentino decretò un brusco cambio di programma. Il capitano Scotti informava Nardi e Gambuti che il comando era stato contattato da una certa Elisa Fermanelli.

«E chi sarebbe?» chiese Nardi.

«Fa la commessa da Intimissimi, in centro.»

«Be', che aveva da dire?»

La ragazza al telefono non aveva detto nulla di specifico, ma era intenzionata a fornire una testimonianza riguardo alla donna scomparsa.

«Bene. La ringrazio capitano.»

«Dovere, Nardi.»

«Ehm... capitano.»

«Sì?»

«Mi scusi per l'altro giorno. Quello sfogo...»

«Buon lavoro, Nardi» tagliò corto Scotti, comprensivo.

Il piede destro di Nardi si fece ancora più pesante sull'acceleratore. Gambuti, distratto dalla parola «scusi» partita dalla bocca di Nardi, rinculò di colpo sul proprio sedile.

Nardi frenò bruscamente davanti al negozio indicato da Scotti. Le gomme stridettero così forte sull'asfalto che almeno una decina di teste curiose si affacciarono dal bar e dalle finestre intorno.

«Veniva spesso a comprare intimo del genere?»

«Cosa intende per "intimo del genere", mi scusi?»

«Signorina, secondo lei? Cose particolari, non da tutti i giorni, mi capisce?» chiese Nardi con un'aggressività che mal celava il suo imbarazzo.

La ragazza – capelli lisci biondi, occhi chiari, viso pulito – stava in piedi dietro il bancone. Alle sue spalle, erano esposti completini divisi per colore e modello, e una donna in formato poster dava dimostrazione di come il nuovo push-up senza ferretto fosse capace di trasformare una strafiga in una mega strafiga.

«Soltanto ultimamente» disse Elisa.

«Può essere un po' più specifica?» chiese Gambuti, che ormai a ritrovarsi nel ruolo del poliziotto buono ci stava prendendo gusto.

«Saranno un paio di mesi. Sì, un paio di mesi o giù di lì.»

Nardi non trattenne uno sbuffo.

«Forse è meglio che ce ne andiamo in questura per verbalizzare il tutto, signorina.»

«Che tipo era la signora Fardella?» chiese Gambuti.

«Be', è una cliente da parecchi anni, ma non è che fossimo molto in confidenza. Cioè, è chiaro che questo non è un negozio di scarpe o una cartoleria, però lei è sempre stata piuttosto riservata, di poche parole. Prima di due o forse tre mesi fa, acquistava solo cose semplici, poco costose, entrava, prendeva e andava via. Negli ultimi tempi, invece, aveva cambiato decisamente il target, osava molto di più, si prendeva il suo tempo, si guardava davanti allo specchio appoggiandosi magari un reggiseno sopra i vestiti e chiedendo anche consigli.»

«Un amante?»

«Sinceramente, ispettore, è quello che ho pensato anch'io. Ma è possibile anche che non sia così... chi lo sa. Io sono una persona molto...»

«Senta» la interruppe Nardi. «Si ricorda cosa ha comprato quel giorno?»

«Certo: un completo di pizzo giallo canarino. Culotte, reggiseno senza imbottitura.»

«E...»

«No, di certo non quel tipo di intimo per tutti i giorni.»

«Ha detto che è andata via più o meno verso le sei» la imbeccò Gambuti.

«Sì, ma davvero, la signora non parlava mai dei fatti propri. Non ho idea di che programmi avesse per la serata. L'unica cosa...»

«L'unica cosa?» disse Nardi.

«Dopo aver pagato, mi ha chiesto se poteva usare il camerino. Suppongo sia uscita da qui con il completino nuovo indosso.»

Quando uscirono dal negozio, oltre a una pattuglia della polizia che aveva riconosciuto l'Alfa 156 lasciata quasi in mezzo alla strada, c'era anche un folto gruppetto di curiosi.

«Che cazzo guardate? Tornate a giocare a carte» disse Nardi, con il suo savoir-faire.

«Ci sono novità, ispettore?» gli chiese l'agente dall'auto di pattuglia, con la testa fuori dal finestrino.

«No. Tornate a fare il vostro dovere. Dai, sgommare.»

Prima ancora che Nardi e Gambuti salissero in macchina, i curiosi si erano già rintanati all'interno del bar.

19.40

«Per quanto ne sappiamo, Elisa Fermanelli è stata l'ultima a vedere Tiziana Fardella prima che venisse rapita. Possiamo dare per certo che la signora Fardella fosse in un periodo di... diciamo così, ritrovato ardore. E quel pomeriggio aveva un appuntamento con qualcuno. Resta da capire se questo qualcuno è o non è la stessa persona che l'ha sequestrata. La Fardella conosceva il suo sequestratore o Nessuno l'ha rapita prima che potesse incontrarsi con il suo amante?»

«Bella domanda» disse Nardi.

«La ringrazio, ispettore. Ma non ho bisogno di complimenti, ho bisogno di risposte.»

Nardi deglutì amaro. «Della Crocetti non sappiamo praticamente un cazzo, né possiamo ipotizzare nulla a proposito della sua vita sessuale. Ma quanto di nuovo sappiamo della Fardella non è un dettaglio di poco conto e ritengo sia attualmente la pista più concreta che abbiamo.»

Marinelli accolse con un'occhiataccia quella non risposta di Nardi. Osservò Gambuti.

«Con le persone della lista a che punto siamo? Novità?»

«Siamo a metà, ma non è saltato fuori nulla di interessante.»

«In ogni caso, continuate. Dovrà pur emergere uno straccio di pista da seguire. E, Gambuti: mi faccia un rapporto scritto e dettagliato su tutti i vostri movimenti di giornata. Non ometta nulla. Nomi, cognomi, vie, domande, vestiario, comportamenti, starnuti. Tutto. Intesi?»

«Certo, questore.»

Nella lunga pausa di silenzio, il questore li fissò severamente. Poi, come al solito, si alzò per primo dalla scrivania e uscì dal suo ufficio, lasciando i due ispettori inchiodati alle sedie. Infine si alzarono anche loro e si diressero verso la loro sala.

Gambuti sapeva che Nardi era incazzato. Marinelli aveva personalmente affidato a lui il compito di redigere il rapporto, bypassando l'ispettore capo. Di sicuro Nardi non aveva gradito.

«Che ne dici se prima mangiamo un boccone? Offro io. Mi gira la testa dalla fame.»

«E a me girano forte i coglioni. Andiamo, forse mangiando rallentano. Poi torniamo in sala per quel rapporto del cazzo. E non offri tu, offro io. C'è una gerarchia.»

***

Il posto

La luna illumina come un faro da palcoscenico un reggiseno giallo sul pavimento della stanza. Nessuno siede su una sedia di legno, ai piedi del letto, davanti al corpo nudo della sua seconda preda.

La donna riapre gli occhi, dopo un lungo sonno.

«Ho sete» dice ancora in dormiveglia. Un filo di voce, quasi esanime, viene fuori dalla sua bocca senza più bavaglio.

Nessuno non si muove dalla sua sedia, non si scompone.

«Non adesso» le dice.

«Perché mi stai facendo questo?» dice la donna con una voce senza tono.

«Eri malata. E io ti ho preso in cura.»

«Chi sei? Cosa vuoi da me?» chiede infine la donna.

Nessuno ha la sua conferma: dopo tre giorni di cura, tutto procede come previsto.

13 marzo 2015

09.30

«Allora, ci sono speranze che ti arrestino? Com'è andata in questura?» chiese Walter.

«Mai a farsi i cazzi suoi, mia moglie.»

«Tu l'hai sposata e tu te la tieni. Quindi?»

«Quasi quasi era meglio se mi arrestavano, così non stavo più qui a sentire le tue cazzate. Ho ripetuto a quei due deficienti quello che sapevo e che anche loro già sapevano. Quei due non sanno che pesci prendere, te lo dico io. E vengono a rompere le palle a me.»

«Sono poliziotti, cosa ti aspetti. Piuttosto, hai sentito di quest'altra tizia?»

«Cosa?» chiese Mario.

«Pare che fosse una bagascia anche lei.»

«Perché "anche"?»

«Anche lei, dopo tutte quelle che ha già accoppato il tuo amico.»

«Ti ci metti pure tu a ritirare fuori 'sta storia? E poi che ne sai della moglie di Marco?»

«Quel frocio di Marco Ruffini ha più corna in testa di un cesto di lumache. Ottavio e Gianni ieri hanno visto quei due mezzi sbirri che interrogavano la commessa di Intimissimi. E lo sai che Ottavio e Gianni non sono tipi da farsi i cazzi loro.»

«Mica sono come te» ghignò Mario.

«Ridi, ridi. Quella comunque se ne stava andando a scopare. E di sicuro non con suo marito. Tutte troie. Rapimenti, stupri, omicidi domestici, omicidi seriali: ne ho sentite di tutti i colori, e al novantanove per cento sono sempre stati commessi per gelosia. Noi uomini siamo delle bestie, è vero che perdiamo la testa troppo facilmente. Ma loro sono stronze e troie, è un dato di fatto. Oramai 'sto buco di paese è diventato il paese dei matti. Siamo diventati famosi a livello nazionale. Prima manco avrebbero saputo trovarci sulla carta geografica e adesso siamo sulla bocca di tutti.»

L'ingresso di un cliente mise fine, per il momento, alle considerazioni di Walter.

2 settembre 2006

Tiziana Fardella aveva regalato soltanto una volta un mazzo di fiori a Marco, ed era stato nei primi tempi del loro fidanzamento. Si trattava precisamente di tre rose blu; attaccato agli steli delle rose con un sottilissimo filo trasparente, e seminascosto dall'addobbo, c'era anche un piccolo pacchetto verde.

Quella sera, quando salì in macchina dopo averlo fatto aspettare una quindicina di minuti sotto casa, Tiziana non riuscì a trattenere l'entusiasmo nel donargli quei fiori. Quando Marco li prese, si accorse subito del pacchettino mimetizzato tra gli steli.

Prima che lui potesse scartarlo, lei gli si avvicinò e gli sussurrò all'orecchio: «Non aprirlo qui. Andiamo al nostro posto».

Marco era molto incuriosito e chiese più volte a Tiziana la ragione di quel dono slegato dalle ricorrenze. Lei gli rispose che era una dimostrazione d'amore.

Era una sera di fine estate: il cielo era limpido e le giornate si erano accorciate. La luce del sole andava arrendendosi al ciclo naturale. Su quella collina, a vedere le stelle e a fare l'amore sdraiati sul prato, Marco e Tiziana ci avevano già passato molte serate durante quell'estate calda e afosa. Questa volta erano i soli: mancavano le altre coppiette sparse qua e là, come tane di talpe nel terreno. Stesero la loro coperta e si sedettero, uno di fronte all'altra. Solo a quel punto a Marco fu accordato di scartare il regalo.

Un completo sadomaso di pelle.

Marco se lo rigirò tra le mani, lo osservò attentamente. Non capiva.

Tiziana glielo strappò di mano e gli disse di aspettare. Si alzò, dirigendosi verso l'auto.

Pochi minuti dopo, quando Tiziana riemerse dall'abitacolo, Marco rimase in silenzio. La sua fidanzata, ammesso che quella fosse la sua fidanzata, era trasformata. Marco sentì crescere dentro di sé sensazioni contrastanti, un qualcosa a metà tra l'eccitazione e l'imbarazzo, mentre Tiziana gli si avvicinava con uno sguardo sottile, malizioso: una pantera pronta a catturarlo e a sbranarlo. Marco avrebbe voluto chiederle se era impazzita, ma non ne ebbe il tempo: la pantera lo ghermì e lui non riuscì a tirarsi indietro.

«Picchiami» gli disse a un tratto la pantera, tirando fuori un frustino dalla borsa.

Quando la riaccompagnò sotto casa, Marco non spense il motore della sua auto. Non aveva detto una sola parola lungo tutto il tragitto, e adesso guardava dritto davanti a sé, aspettando solo il momento in cui la sua fidanzata, o quello che era, lo togliesse dall'impiccio.

Tiziana scese dall'auto. Prima di chiudere la portiera, senza che lui la degnasse di uno sguardo, disse: «Mi dispiace, era soltanto per giocare una sera. Non ci sarà una seconda volta».

16 marzo 2015

05.14

Per quel giorno, l'appuntamento era stato anticipato di novanta minuti.

«In questura alle cinque e trenta, anche qualche minuto prima» aveva ordinato Nardi.

Si erano lasciati soltanto da quattro ore scarse. L'ispettore aveva tentato di dormire, ma senza risultato.

Parcheggiò l'Alfa di fronte alla questura e a passo svelto andò verso il bar Morresi. Dopo qualche metro, si accorse che le due saracinesche erano ancora chiuse. D'istinto alzò lo sguardo per vedere le lancette dell'orologio della torre. Dall'alto, potenti fari sparavano una luce bianca che illuminava la piazza e il portico. Tutto era fermo, silenzioso; durante quelle ore la piazza si riposava, riacquistava le energie per affrontare un'altra giornata di viavai.

Mentre stava per voltarsi e fare ritorno alla sua auto, vide Alberto, il proprietario del bar, sbucare da dietro l'angolo. Gli andò incontro e attese paziente che togliesse l'allarme e aprisse le porte del bar per quel nuovo giorno.

Nardi era un fascio di nervi. Alberto, che aveva tentato di scambiare due parole con lui, capì subito che era meglio lasciar stare: l'ispettore era di pessimo umore, molto più del solito. Con un occhio fissava il cellulare sopra il tavolinetto, con l'altro la questura.

Non appena Nardi vide la X1 di Gambuti entrare nel parcheggio della questura, si alzò di scatto e gli si fece incontro.

«Niente ufficio. Partiamo subito. Andiamo.»

«Okay» rispose Gambuti.

I convenevoli li avrebbero lasciati per momenti migliori.

«Non abbiamo novità dalle pattuglie, dico bene?» chiese Gambuti, mentre l'Alfa si dirigeva verso Tolentino.

«Scherzi? Due dei nostri hanno beccato Nessuno poco fa mentre rilasciava Tiziana Fardella. Anzi, è stato proprio Nessuno ad avvicinarsi alla pattuglia e a costituirsi.»

«Non hai dormito, eh?»

«Vaffanculo. Ti preoccupi per me?» disse Nardi senza togliere lo sguardo dalla strada.

«Non ho detto che sono preoccupato, era solo un'osservazione, fatta molto tranquillamente.»

«Tu, invece, se non era per la sveglia, ancora dormivi. Vero?»

«In effetti non riuscivo a tirare giù il culo dal letto» ammise Gambuti.

«Vorrei sapere come fai. Siamo in una situazione di merda e oggi probabilmente avremo la seconda dimostrazione della nostra totale incapacità. E tu cosa fai? Ti addormenti! Non ti senti responsabile? Non hai paura di vedere in che condizioni troveremo questa donna?»

Silenzio.

Erano arrivati a quel maledetto lunedì, il giorno della probabile liberazione della seconda donna, stando alla lettera di Nessuno, ma non avevano niente tra le mani.

Dario Scatozzi e Mauro Molinari erano gli unici due ad aver destato un qualche sospetto negli ispettori, probabilmente più per disperazione che per fiuto. Non avevano alibi comprovati per il giorno e l'ora in cui Ruffini aveva ricevuto la chiamata da parte del sequestratore.

Si trattava soltanto di due colpi sparati a casaccio, Nardi lo sapeva bene. In ogni caso, gli ispettori avevano ordinato di mettere sotto controllo i loro telefoni e avevano disposto un pedinamento costante per il giorno del presunto rilascio della signora Fardella.

Nel frattempo, un paio di giorni prima, Carla Crocetti era stata dimessa dall'ospedale. La sua cartella clinica era desolante. Il marito e gli altri familiari se ne sarebbero occupati nella propria abitazione.

In quel silenzio rumoroso, si fece evidente che sia Nardi sia Gambuti non sapevano dove, di preciso, fossero diretti.

Non avevano un piano d'azione. Si trovavano nella condizione di non sapere come agire, in balìa del destino. Sarebbero arrivati a Tolentino e poi? Avrebbero girato per vie, piazze e piazzette? Con la speranza di avvistare un pazzo che abbandona una donna ubriaca e si dà alla fuga? Era ridicolo.

«Che cazzo facciamo?» chiese Gambuti.

«Aspettiamo che qualcuno ci chiami» disse Nardi come in segno di resa.

Poi, mentre l'alba cominciava a rischiarare un cielo terso e beffardo, Nardi accostò sul ciglio della strada, spense il motore e picchiò duro con due pugni pesanti sul volante della sua Alfa.

10.20

Sul foglietto che aveva nella mano sinistra c'era scritto:

Marco Ruffini,
via Bruno Buozzi 54.
Suona il campanello e consegna il regalo.

Si era ritrovata sul marciapiede di un lungo viale a doppio senso di marcia, costeggiato da palazzine basse. Era intontita. Non sapeva come avesse fatto a ritrovarsi lì, né quale fosse la direzione da prendere. Decise di muovere i primi passi alla propria destra, fino a che sul muro non individuò un numero civico, il 98. Rimase ferma lì, indecisa sul da farsi, tornando di tanto in tanto con lo sguardo al biglietto che teneva in mano.

Un giovane osservò tutta la scena, appoggiato alla parete, fumando una sigaretta. Non appena ebbe finito, buttò il mozzicone sul marciapiede e lo spense con un pestone. Poi si avvicinò alla donna.

«Cerca qualcosa, signora?»

Lei non rispose.

«Ha bisogno di aiuto?»

La donna guardò il foglietto. «Marco Ruffini, via Bruno Buozzi 54.»

«Non so chi sia questo Ruffini, ma il civico 54 è da quell'altra parte.»

«Allora dovevo andare a sinistra?»

«Non so... adesso comunque deve tornare indietro. Ma è sicura di star bene?» Il giovane aveva sentito il forte odore di alcol che emanava la donna.

«Sì, mi ha detto che ora sto molto bene, molto meglio di prima.»

Il giovane non capì molto di quella frase.

La donna s'incamminò lentamente. Percorse circa duecento metri, fino a che non arrivò al civico che stava cercando. Si soffermò davanti alla pulsantiera dei citofoni, scorrendo uno per uno i nomi che vi erano indicati. Quando lesse *Ruffini*, premette il pulsante con una certa insistenza.

Le forze dell'ordine avevano consigliato a Marco Ruffini di attendere sviluppi nel proprio appartamento. Nelle condizioni in cui si trovava, non sarebbe stato di alcun aiuto e non avrebbe avuto senso sottoporlo a ulteriore stress nel giorno del possibile rilascio della moglie.

Quando sentì il suono del citofono, la tazzina di caffè che teneva tra le mani andò a infrangersi sul pavimento. *C'erano novità? L'avevano trovata?*

Si catapultò a rispondere.

«Chi è!» gli venne da urlare.

«Lei è Marco Ruffini?»

«Tiziana, amore, sei tu?!»

Lasciò il citofono a penzolare lungo la parete e si fiondò fuori dalla porta di casa, poi lungo le scale, correndo frenetico.

Quando aprì il portone, Marco Ruffini trovò sua moglie, ancora rivolta verso la pulsantiera dei citofoni.

«Tiziana, Tiziana!»

Finalmente si girò verso Marco.

«Dice a me?»
«Amore!»
Le si gettò addosso e la strinse forte a sé.
Lei rimase impassibile, con le braccia lungo i fianchi, un biglietto nella mano sinistra e il pacco per Marco nella destra. Lui allentò la presa e fece un passo indietro.
«Cosa ti è successo? Cosa ti ha fatto?»
«Devo dare il regalo a Marco. È lei Marco Ruffini?»
«Amore, sono io! Sono io!» urlò.
«Allora tenga.»
Marco prese il mazzo di fiori. Erano tre rose blu. C'era anche un pacchetto legato ai lunghi steli delle rose. Strappò via nervosamente l'incarto. Quando si trovò tra le mani un completo sadomaso di pelle, le immagini della serata di qualche anno prima gli scorsero davanti agli occhi.

10.35

«Allora non mi ascolta quando parlo» disse il sosia di Clint Eastwood all'ispettore Nardi. «Non l'ho visto stamattina... Quando sono arrivato non c'era, era già uscito.»
«E quando torna?»
«Ispettore, cosa vuole che ne sappia?»
I due ispettori erano arrivati da qualche minuto, per prendere un caffè e, già che c'erano, per tenere d'occhio il proprietario del bar.
«E sua moglie dov'è?»
«Ma lei è davvero un ispettore di polizia?» chiese Clint, masticando il suo sigaro. «Dev'essere di là in cucina, dove vuole che sia?»

Nardi fece per avvicinarsi alla cucina del bar, quando il suono della sirena di un'ambulanza riempì tutta la via. I due ispettori si voltarono contemporaneamente verso la vetrina, cogliendo una sagoma bianca che sfrecciava a tutta velocità. Non persero altro tempo: uscirono dal bar e raggiunsero la loro auto. Montarono dentro e partirono all'istante, coprendo subito la distanza che li separava da quella sirena. Quando l'ambulanza prese via Cappuccini, Nardi sapeva che in fondo alla strada avrebbe poi svoltato a destra, per via Bruno Buozzi.

Mentre faceva ritorno nel suo bar, Mario fece in tempo a scorgere i due ispettori che partivano all'inseguimento dell'ambulanza.

«Quelli cercavano te» gli disse Clint.

17 marzo 2015

Nessuno libera la seconda donna. Ubriaca, senza memoria. L'ispettore Nardi resta a guardare.

Ieri mattina, poco dopo le dieci, è stata liberata dopo sette giorni di prigionia la signora Tiziana Fardella.

Si tratta della conferma, per chi ancora avesse qualche dubbio, che Nessuno sta rispettando ciò che aveva preannunciato nella lettera fatta pervenire all'ispettore Nardi. Ispettore che per ora rimane a guardare.

La signora Fardella si è presentata sotto la sua abitazione a Tolentino, in via Bruno Buozzi. Ha suonato al citofono e ha chiesto di suo marito, Marco Ruffini. Il marito, riconoscendola, è sceso immediatamente. Davanti si è ritrovato la moglie, ubriaca e senza memoria. Indossava una tuta intera da meccanico, in mano aveva un mazzo di fiori, un foglio con l'indirizzo di casa e un pacchetto contenente un completo sadomaso.

Ruffini ha chiamato il 118, chiedendo un'ambulanza sia per la moglie che per sé: a causa di un malore, credeva di avere un infarto in corso. I due coniugi sono stati trasportati entrambi all'ospedale di Macerata. Le condizioni della signora Fardella sono subito apparse gravi, non molto dissimili da quelle in cui versava Carla Crocetti, al momento del suo ritrovamento. Anche lei non ricorda nulla. Le analisi del sangue hanno confermato un tasso alcolico altissimo e la presenza di sostanze tossiche. A differenza della Crocetti, non risulta che la donna abbia subito violenze sessuali prima del rilascio.

Tutto questo è stato confermato in una conferenza stampa burrascosa, tenutasi in tarda serata in un'aula della questura di Macerata dove, a rispondere alle domande dei giornalisti, erano presenti i due ispettori Nardi e Gambuti, affiancati dal questore Marinelli.

L'ispettore Nardi, visibilmente nervoso, non ha lasciato trapelare nulla sul possibile collegamento tra le due donne, ammettendo però che i fiori e il pacchetto che la signora Fardella portava con sé rappresentano un indizio che Nessuno ha concesso alla polizia. Per ora l'unico.

Marco Ruffini è stato dimesso nella serata. Dopo i dovuti controlli, i medici hanno riscontrato solo un forte stato di stress. La signora Fardella, invece, rimane ricoverata nell'ospedale di Macerata; saranno effettuati altri accertamenti sia dai medici sia dalla scientifica.

Nessuno procede follemente nel suo macabro intento. E a oggi, nulla lascia sperare che le forze dell'ordine siano in grado di fermarlo.

09.45

Il questore di prima mattina non era stato tenero con loro: poche parole, poche e taglienti. Avevano ritrovato nell'archivio una denuncia aperta e subito chiusa il giorno successivo. Risaliva al 20 agosto dell'anno precedente: due donne rumene denunciavano i propri compagni per essere state costrette, con la forza, a prestazioni sessuali a sfondo sadomasochistico e a sesso di gruppo in un casolare abbandonato, nei pressi di Serrapetrona. Dalla cartella del caso, risultava che le due donne erano rientrate in patria una settimana dopo la denuncia. I due compagni, sicuramente dei clandestini, erano scappati chissà dove, facendo perdere le loro tracce.

I comandi dei carabinieri di Tolentino e di Macerata avevano sondato gli archivi, senza trovare molto altro, a parte qualche caso di lite domestica. Quella delle due rumene era l'unica denuncia che potesse avere una qualche attinenza con la nuova piega che stavano prendendo le indagini, a parte alcune dicerie che giravano per il paese, che presto sarebbero state verificate.

Il motore faceva sentire tutta la sua voce. Nardi e Gambuti erano in ritardo di quindici minuti: il capitano Scotti del comando di Tolentino li stava aspettando nel suo ufficio. Il questore aveva chiesto personalmente l'aiuto dei carabinieri del paese.

10.30

«Buongiorno.»

«Buongiorno, Walter.» Mario rispose senza voltarsi, indaffarato con la macchina del caffè.

«Raccontami come sono andate le cose.»

«Cosa vuoi sapere?»

«Quello che sai...»

Walter si sbottonò il cappotto, si sedette al solito tavolo e si tolse il cappello.

«Walter, se continui a rompermi le palle, quel tavolo te lo puoi scordare.»

«Ah ah! Nervosetto? Sai che c'è? Se fossi io l'ispettore, ti arresterei subito. So che sono venuti i due dementi a cercarti, ieri mattina, e tu non c'eri. Come spieghi la coincidenza? Nessuno libera la donna, tu sei sparito e ricompari al bar dopo il suo ritrovamento.»

«Questo paese è veramente un buco di culo» disse Mario voltandosi. Poi guardò fisso Walter. «Non stai dicendo sul serio, vero?»

«Be'... non lo so. Dimmelo tu.»

«Sì, cazzo, mi hai scoperto! Ho comprato i fiori da Michele e ho preso su a caso un completino dal cassetto di mia moglie.»

«Ah, anche tua moglie quindi è una sporcacciona? Cazzo, lo sapevo!»

«Walter, lascia stare mia moglie.»

«Veramente sei stato tu a metterla in mezzo» sorrise Walter. «Non mi avevi mai detto che facevi parte del giro di pervertiti di Tolentino.»

«Non so di che parli. Tu, invece, saprai sicuramente qualcosa.»

«Sono anni che a casa di Fiorotti c'è il ritrovo. Sempre per sentito dire.»

«Giorgio Fiorotti? Il frocio?»

«Frocio sì, ma convive con una donna.»

«Quello non farebbe del male a una mosca.»

«Certo, adesso uno che pratica il sesso sadomaso non farebbe male a una mosca... Certe volte non capisco se tu sei un coglione per davvero o fai solo finta.»

«Senti, Walter, andatevene affanculo tu, Fiorotti e tutti i pervertiti del suo circolo.»

14.00

Stando al database della Camera di Commercio, la provincia contava cinquantatré fiorai. I sexy shop erano molti di meno: sei. Scandagliarli uno per uno, per trovare notizie su quelle tre rose blu e sul completo di pelle era compito dei carabinieri, ogni comando nel proprio paese.

Nella caserma dei carabinieri di Tolentino, il capitano Scotti e l'ispettore Gambuti si dividevano tra mail e telefono, in comunicazione costante con i vari comandi. L'ispettore Nardi passeggiava nervosamente attorno al tavolo con il telefonino attaccato all'orecchio.

Le risposte che arrivavano erano sempre le stesse: nessuno ricordava di aver venduto di recente quei fiori e quel completo.

Le notizie dalla scientifica arrivarono nel pomeriggio e non furono più illuminanti. Nardi e Gambuti neanche gli diedero peso. Era impensabile che Nessuno avesse commesso un banalissimo errore, lasciando delle tracce.

Nardi e Gambuti sentivano tutto il peso della responsabilità, del senso di colpa e della frustrazione. L'indomani un'altra donna sarebbe stata rapita, seviziata, torturata o chissà cos'altro. Loro non avrebbero potuto fare nulla per evitarlo.

18 marzo 2015

Non era un giorno come gli altri, e non solo per il sole cocente che innalzava la temperatura ben al di sopra della media stagionale. Di donne, in giro, se ne vedevano davvero poche. E certamente non da sole: le poche che camminavano per il paese, erano scortate da mariti, parenti o amici. Era un'atmosfera surreale. Di paura, di pericolo, di attesa. Le pattuglie dei carabinieri e della polizia erano tutte dispiegate per le strade del paese, in una ronda costante.

Al comando dei carabinieri i telefoni erano bollenti, squillavano senza sosta, era un succedersi di chiamate, di allarmi e di smentite: uomini che chiamavano in centrale preoccupati perché la moglie non aveva risposto al telefono, per poi richiamare e far rientrare l'allarme.

Tutto questo fino alle diciassette e trenta, orario in cui il carabiniere Franco La Torre ebbe la certezza che fosse sua moglie la terza donna che Nessuno aveva preso con sé.

***

Era di turno e aveva fatto un tour de force, come tutti i suoi colleghi del resto.

Durante la telefonata dell'una e mezza, sua moglie lo aveva tranquillizzato, dicendogli che era rientrata in casa, dopo aver chiuso il negozio, accompagnata da una sua amica.

Quando lui, poco più tardi, l'aveva richiamata ripetutamente per avvisarla di un prolungamento del turno di lavoro, lei non aveva risposto.

Non era il caso di fare come tutte le persone che durante la giornata avevano intasato il centralino. Era in ansia, ma questi allarmi erano sempre rientrati. Fino a quel momento.

Poco prima delle diciassette, aveva chiesto ai due colleghi in macchina con lui un'indispensabile sosta a casa, di soli due minuti.

Una volta entrato, aveva trovato tutto in ordine, ma sua moglie non c'era. Allora era tornato velocemente dai colleghi e aveva ordinato all'agente Poselli, che era alla guida, di dirigersi in via Parisiani, al negozio della moglie. Arrivati, alle diciassette e trenta, avevano trovato la saracinesca ancora abbassata.

In lacrime e in preda al panico, La Torre chiamò l'ispettore Nardi.

Il telefono del comando dei carabinieri sembrava si fosse rotto: nessuno chiamava. In provincia la notizia, vera o falsa che fosse, aveva fatto il giro in pochissimi minuti. Il telefono di Claudia Tiberi era irraggiungibile.

Nardi e Gambuti, con La Torre sempre incollato alle loro spalle, a tarda sera erano ancora nella caserma dei carabinieri per interrogare i negozianti e i liberi professionisti che avevano lo studio in centro, nei pressi del negozio di Claudia Tiberi. Due persone avevano visto la signora quel giorno: il proprietario del bar Cinquanta, che come tutte le mattine, intorno alle nove, le aveva servito il cappuccino e il cornetto; la commessa della boutique accanto al suo negozio. All'ora di pranzo, come spesso accadeva, si erano ritrovate nello stesso momento a chiudere le saracinesche, prima di avviarsi insieme verso casa.

La signora Sandra, titolare della boutique, aveva confermato agli ispettori che non aveva notato nulla di strano nel comportamento di Claudia e che, naturalmente, l'argomento della conversazione, nel breve tratto di strada fatta insieme, era stato uno soltanto, e addirittura ci avevano scherzato su. Claudia aveva sottolineato quanto loro fossero fortunate perché, abitando in centro a pochi metri dai rispettivi negozi e non trovandosi mai da sole, erano al riparo dai pericoli.

A tarda sera, rimaneva il dubbio se Claudia Tiberi fosse rientrata in effetti a casa o meno, all'ora di pranzo. Nessuno degli inquilini del condominio l'aveva notata rientrare, neanche la signora anziana del piano di sotto, che in genere stazionava con la faccia al vetro della finestra, monitorando ogni minimo spostamento d'aria. Perché allora al telefono avrebbe detto al marito di essere tranquilla in casa? Era successo qualcosa nel breve tratto che aveva percorso da sola? Aveva appuntamento con qualcuno?

Il posto

«Ciao, amore. Sei felice di rivedermi, vero?»

La donna si scuote per cercare di liberarsi, quando la lingua di Nessuno inizia a carezzarle la caviglia.

Alla sua destra, sul pavimento, su un piccolo vassoio di metallo è appoggiata una siringa. La donna sa bene quali effetti può produrre, quella siringa. La donna ha paura, ha paura perché sa che quella siringa la ridurrà come le altre due.

«Tra poco sarai di nuovo nel mondo dei sogni e quando ti sveglierai starai già meglio. Avrai le idee confuse, ma starai meglio.»

Nessuno si inginocchia di fianco al letto. I loro sguardi rimangono fissi a lungo, la donna mugugna qualcosa, probabilmente un'implorazione. Piange, piange di disperazione, non crede a quello che vede, non se ne capacita. E non vuole fare quella fine.

Poi l'ago penetra nel suo avambraccio, la siringa si vuota del suo liquido, la cura ha il suo inizio.

Di colpo la donna apre gli occhi. Non capisce dove si trova. È legata, perché?

Si guarda intorno, la luce della luna piena le permette di vedere qualcosa: la finestra, la stufa, l'armadio, il comò e il candelabro con tre piccole candele spente.

Un suono invade la stanza. Un suono, che in altre circostanze sarebbe stato inudibile, in quell'assoluto silenzio sembra fragoroso.

La donna non capisce che il suono giunge da sotto il letto. Non sa che i due topi poco prima hanno esplorato il suo corpo. Non sa che è sola in quella vecchia casa e che l'abitazione più vicina è a ottocento metri; non sa che è disabitata da anni; non sa che nessuno potrebbe sentirla gridare.

19 marzo 2015

Le immagini delle telecamere della Banca Marche mostravano Claudia Tiberi passare sul marciapiede opposto, esattamente alle 13.12. Lo stesso passaggio, visto da un'altra angolazione, era stato registrato dalle telecamere di videosorveglianza dei vigili urbani, piazzate nella rotatoria all'altezza della banca. Quando la donna era arrivata all'incrocio che a destra portava in via Cesare Battisti, dove era residente, lei aveva proseguito dritto, in via della Stazione. L'ultimo fotogramma utile di quelle telecamere, che non avevano ripreso alcun passaggio di ritorno, inquadravano la donna a ridosso del bar Cappelletti che, a passo veloce, andava verso la stazione. Nella registrazione delle telecamere della Unicredit – le uniche telecamere disponibili in via Cesare Battisti – Claudia Tiberi non era mai apparsa.

L'ispettore Nardi aveva ordinato la perquisizione a tappeto di tutte le abitazioni tra il bar Cappelletti e la stazione, nel tentativo di scoprire se la signora fosse stata rapita da qualcuno lungo quel tratto di strada e nascosta in casa. L'ipotesi era remota, ma era un inizio, l'ennesimo. Nardi era pienamente consapevole che tutto ciò poteva rivelarsi tempo perso: bastava solo che la donna, lungo la strada, fosse salita su un'auto. In ogni caso, era indispensabile ascoltare le dichiarazioni di tutti i residenti della zona, nel caso in cui qualcuno avesse visto qualcosa. Forse si sarebbe potuto quantomeno risalire alla destinazione della donna: magari non aveva appuntamento con Nessuno, ma con un conoscente che poteva fornire una testimonianza.

Nardi aveva il volto scavato da due occhiaie profondissime. Non ne stava venendo a capo, e di certo non lo consolava il fatto di non essere il solo: come lui, anche Gambuti, Marinelli e Scotti nuotavano al buio, senza direzione, senza meta.

Nessuna consolazione: si sentiva allo sbando, si sentiva un uomo finito. Dentro casa aveva passato l'ennesima notte insonne. Le lenzuola e il cuscino che ormai stazionavano stabilmente sul divano del salone non facevano che dargli ulteriore prova di quanto tutto, nella sua vita, fosse un fallimento. Falliva come poliziotto, falliva come marito, falliva come uomo.

Alle 17.22, quando ascoltava la quinta, la sesta, o forse la centesima testimonianza inutile tra i residenti di via della Stazione, sentì il telefono vibrargli nella tasca della giacca. Lo estrasse. Rispose. E il mondo, definitivamente, gli crollò addosso.

17.50

La scena del crimine, prima dell'arrivo della scientifica, era stata inquinata da coloro che erano incappati nel ritrovamento.

Il corpo era stato toccato e spostato, nel tentativo di capire se la donna fosse viva o morta. Sul malcapitato che aveva commesso quell'errore, Nardi aveva inveito con tutta la sua rabbia.

Anzi no, non tutta: di rabbia ne ebbe ancora, e ancora più feroce, per Calcaterra. Quando vide arrivare sul posto il giornalista, pronto a fare domande e a registrare qualche dichiarazione, ancora prima che potesse aprire bocca, Nardi gli saltò addosso, prendendolo a spintoni e urlandogli contro di sparire all'istante. Per Calcaterra la cosa suonò come un invito a rimanere, un'occasione ghiottissima.

«Il ritrovamento di questa donna, ispettore, come se lo spiega?» lo attaccò. «Si rende conto del fallimento delle forze dell'ordine?»

Dovettero intervenire in quattro per evitare che Nardi usasse la violenza e che si trovasse in guai ancora più seri di quelli in cui già stava. Alla fine Calcaterra venne caldamente invitato dagli agenti presenti a cambiare aria.

Claudia Tiberi era stata ritrovata alle diciassette e venti lungo la Piani Bianchi, la vecchia strada che collegava Tolentino al lago delle Grazie. Una strada trafficata più da ciclisti e runner che da automobili. A notare il corpo della donna era stato un pensionato, Marcello Simoni, residente a Tolentino, mentre rientrava in macchina dopo la giornata di lavoro nel suo piccolo appezzamento di terreno.

A chiamare il 118 era stato invece un ragazzo giunto sul posto poco dopo. Aveva subito chiesto al pensionato cosa fosse successo e se avesse già chiamato un'ambulanza, ma l'anziano aveva risposto che lui non aveva un cellulare e si trovava lì da pochissimo.

L'ispettore, d'accordo con il medico legale e la scientifica, dopo aver scattato foto e fatto i rilievi necessari, aveva disposto l'autopsia per l'indomani. Nardi chiese al patologo di poter assistere. Non sarebbe stata la prima volta: cinque mesi prima, aveva presenziato all'autopsia di Sara Pompili, una delle vittime di Fabio Scatozzi. Esperienza terribile: se ne era dovuto andare appena il medico aveva iniziato a tirare su la pelle dalla parte superiore del torace, dopo aver praticato il taglio a Y. Questa volta si ripromise di restare fino alla fine.

21.30

«E tu che ci fai qui a quest'ora?» chiese Mario.

«Io? Che ci fai tu piuttosto ancora qui! Ero convinto che fossero venuti a prenderti e che ti avessero già messo al fresco...»

«Ma di che cavolo parli?»

«Oh, e smettila, su, che ti hanno visto tutti mentre scaricavi la donna dalla tua Punto bianca.»

Mario inarcò un sopracciglio. Il suo sguardo, fisso su Walter, chiedeva di saperne di più.

«Mi prendi per il culo? Davvero non sai niente? Be', hanno ritrovato la terza donna, morta. Nella strada verso il lago delle Grazie. Appena si è sparsa la voce, ne ho approfittato per sentire di nuovo quel matto rincoglionito di Marcello Simoni. Erano anni che non lo sentivo. Sai che ancora se ne va in giro con quella ridicola vecchia Panda azzurrina, tutta scassata? Insomma, l'ha trovata lui. Nuda.»

Mario si voltò verso la macchina del caffè e si preparò un espresso.

«Ne vuoi uno anche tu?»

«A quest'ora? Proprio no?»

«Cosa ti preparo allora?»

«Niente, grazie.»

Mario mandò giù in un sorso il suo caffè. Poi, con un'espressione dura, chiese: «Allora mi spieghi cosa cazzo sei venuto a fare?».

Walter ghignò. «Amico mio, sono venuto a chiederti come mai questa qui l'hai ammazzata, no?»

20 marzo 2015

10.05

Gambuti aveva aspettato il collega in macchina, davanti all'ospedale.

Quando Nardi fece ritorno e riprese il suo posto sul lato guida, Gambuti lo osservò con un sorriso.

«Che cazzo c'avrai poi da ridere, tu...»

«Un'autopsia completa dura più di due ore. Sei in anticipo.»

«Ho lo stomaco rattrappito.»

«Organi interni?»

Nardi non riuscì a trattenere un conato. «Organi interni» confermò, quando l'ebbe represso.

«Ci vuole fegato, mio caro» disse Gambuti, prendendolo per il culo.

A Nardi scappò un sorriso. «Che battuta del cazzo. Veramente una battuta del cazzo.»

«Senti» disse Gambuti. «So che mi dirai che dobbiamo andare in questura. E capisco che l'argomento è distante al momento dai tuoi pensieri, ma... io ho fame. Ci fermiamo a prendere qualcosa in quel bar?»

Quel maledetto Gambuti ha fiuto, pensava Nardi. Doveva aver intuito fin da subito che c'era dell'altro. Era consolatorio che neanche uno come lui riuscisse a tirare i fili di tutta quella maledetta storia? O forse avrebbe dovuto incazzarsi con il suo compagno, perché indirizzava il suo fiuto dalla parte sbagliata?

Nardi era al limite del collasso. Decise che forse, davanti a Gambuti, poteva collassare.

«Non ho dormito nemmeno un secondo, nemmeno questa notte.»

Erano seduti a un tavolino, dentro il bar. La cameriera aveva appena servito loro due tramezzini e due spremute. Gambuti ebbe solo il tempo di dare il primo morso. Poi posò il tramezzino sul piatto e guardò Nardi, aspettando il pezzo forte.

«E non è solo la storia di 'sto cazzo di psicopatico» aggiunse Nardi, prendendo la rincorsa. «Mia moglie» disse infine. «Ha chiuso. Mi ha lasciato.» Afferrò il bicchiere arancione che aveva davanti e diede una lunga sorsata. Poi lo riappoggiò sul tavolino. «Se n'è andata di casa.»

Gambuti aveva capito che c'era in ballo qualcosa di grosso. Ma era rimasto spiazzato: non si aspettava certo che il suo capo, che fino a quel momento si era dimostrato chiuso come un sasso, gli facesse una confidenza così personale. Quella confidenza non veniva dal Nardi che aveva conosciuto, ma da una persona che gli era subentrata, stressata fino al punto massimo possibile.

«Mi dispiace, mi dispiace molto» gli disse.

«Dice che non ce la fa più a starmi dietro, dice che sono cambiato, dice che per me lei non esiste più, dice che capisce il mio lavoro, capisce la mia posizione, dice e capisce un sacco di cose. Ma non ne può più. E sai che c'è?» chiese retorico, in un tono di autocommiserazione. «C'è che ha ragione. Come faccio a dirle che non è così? Ha ragione lei, e io non so che fare. Non posso certo abbandonare il lavoro; sai benissimo in che merda ci troviamo.»

«Già.»

Rimasero entrambi in silenzio.

«È frustrante» chiosò Nardi.

Gambuti temporeggiò, riprendendo il suo tramezzino in mano e addentando un paio di bocconi.

«Come vi siete lasciati? Avete parlato, avete litigato? Pensi che sia una cosa temporanea?»

«Non lo so. Davvero. Non c'è stato astio. Niente scenate. Mi ha parlato a cuore aperto. Sta male, dice che la faccio sentire sola, soffre di tutto questo. Ed è al limite, al momento non vede altre soluzioni.»

«Capisco.»

«Non funzionava più da un po'. Ho tirato troppo la corda, mi sono lasciato risucchiare.»

«Può darsi. O meglio...» si corresse Gambuti «non lo so. Non so come sono andate le cose tra te e tua moglie. In ogni caso, prenditi del tempo. Cerca di capire meglio, prima di darti addosso. Magari è solo un momento e le cose si aggiusteranno.»

Nardi si alzò senza rispondere.

Gambuti capì che la pausa per le confidenze era terminata.

***

12.15

Appena arrivati, Nardi fece il numero del medico legale. L'autopsia era terminata, ma occorreva del tempo per avere le prime risposte.

I due ispettori riesaminarono nuovamente le immagini riprese dalle telecamere. Non erano certo cambiate nella notte e riconfermarono la domanda: dove è andata a finire Claudia Tiberi, una volta superato il bar Cappelletti?

Decisero che era il caso di ritornare in zona e completare gli interrogatori lasciati in sospeso il giorno prima. Tra un buco nell'acqua e l'altro, probabilmente per dare sfogo alla propria frustrazione, Nardi non trovava di meglio da fare che assillare il medico legale. Fino a che, esasperato, quello non sbottò: «Le ripeto che occorrono ventiquattro ore per avere i primissimi risultati tossicologici e riuscire forse a capire il motivo del decesso. E se questi non fossero sufficienti, c'è il rischio che si debbano aspettare dieci giorni per avere risposte certe sugli esami effettuati sulle parti di tessuto e sui liquidi biologici della donna. Le chiedo gentilmente di smetterla di chiamare ogni ora, non si possono fare miracoli in questi casi. Domani in tarda mattinata le saprò dire qualcosa, ma le ripeto ancora: può darsi che anche domattina non sia in grado di darle una risposta esauriente. Adesso, per cortesia, mi lasci in pace».

21.15

Nardi uscì dalla questura e si diresse verso la sua auto.

Una volta dentro, si accasciò con la testa sul volante. Quasi gli veniva da piangere, era davvero alla frutta. Con quell'ostinazione di chi, una volta toccato il fondo, decide che non è ancora abbastanza e che può pur sempre mettersi a raschiarlo, prese il cellulare e compose il numero di Oriana.

La voce gli uscì come un rantolo.

«Ho fatto prima del solito, stasera. Perché non vieni a casa?» le disse.

«Sono già dai miei.»

«Senti... domattina posso passare a trovarti, possiamo fare colazione, magari ne parliamo un po'.»

«Piero... Non mi sembra il caso...»

La pausa di silenzio che seguì pesò come un macigno sullo stomaco di Nardi.

«Mi manchi» le disse, quasi implorando, quasi aggrappandosi alla speranza che il ritorno di sua moglie avrebbe potuto, magicamente, risolvere la sua vita andata ormai in malora.

«È tardi, Piero. È troppo tardi» lo congelò lei.

21 marzo 2015

08.55

«Antonio Zucchi! È Antonio Zucchi» urlò Gambuti volgendosi con foga verso l'ispettore Nardi, che aveva appena fatto il suo ingresso nella stanza.

«Ma di che diavolo parli?»

Gambuti era davanti al monitor, su un fermo immagine delle riprese di videosorveglianza della Banca Marche. Non si era dato per vinto, sapeva, o quantomeno sperava di poterne cavare fuori qualcosa. Nella notte aveva controllato tutte le auto che comparivano in quelle riprese. Aveva stilato una lista di nomi e proprietari, e quando era venuto fuori il nome di Zucchi per poco non era cascato dalla sedia. Alle 13.35 lo si vedeva provenire da via della Stazione, proprio in direzione della banca. Ingrandendo le immagini, molto sgranate, al suo fianco si riconosceva il profilo di una donna. In più, come se questo non fosse già sufficiente, c'era un'altra macchina sospetta, che transitava due volte nelle immagini, la prima alle 12.27

verso via della Stazione, la seconda alle 14.03, di ritorno. Si trattava di un'Opel Insignia bianca, sulla quale erano in corso degli accertamenti.

Era una notizia bomba. Anzi due. Nardi avrebbe dovuto esplodere dalla gioia, sarebbe dovuto entrare in fermento, avrebbe dovuto avere una qualsivoglia reazione. Ma lui, di notizia, ne aveva un'altra. Si sedette di fianco a Gambuti e gli porse una busta.

«Aprila» gli disse.

Caro ispettore,

questa mia lettera e la morte di Claudia Tiberi non erano previste nel gioco. Come lei sa, purtroppo i giochi a volte non vanno come si vorrebbe che andassero. Non era mia intenzione uccidere quella donna.

Non so bene cosa sia successo. È morta tra le mie braccia, senza che io le facessi del male. Si ricordi, ispettore: io non faccio del male a nessuno.

Probabilmente saprò dai giornali la causa del decesso.

Ma intanto, proseguiamo.

Nessuno

10.55

Antonio Zucchi era esterrefatto. Questa fu la prima sensazione che ebbe di fronte alle domande dei due ispettori. Poi lo stupore lasciò il posto all'indignazione e alla rabbia con cui dava sfogo a un dolore che continuava a crescere, a rinnovarsi.

Aveva risposto su due piedi alla convocazione d'urgenza alla questura di Macerata, convinto che finalmente ci fossero delle novità sulle indagini, che ci fossero delle buone notizie, che finalmente qualcuno fosse stato consegnato alla giustizia, o che lui si potesse in qualche modo rendere utile allo scopo. Rendersi conto che era proprio di lui, invece, che sospettavano, lo mandò in bestia.

«Siete degli idioti» urlò quasi in lacrime. «Siete degli incapaci!»

«Antonio, la prego, si calmi» provò a dire Gambuti. «Stiamo solo cercando di fare il nostro lavoro.»

«No! Voi siete dei deficienti! Come vi permettete di giocare in questo modo con il dolore della gente? Mia moglie è un vegetale, io sono vittima quanto lei e l'unica cosa che voi siete in grado di fare è questa?»

Nardi era catatonico. Si sentiva morire. Stavano sbagliando tutto. Gambuti cercò di essere lucido e, seppure dentro di sé sapeva che era una cosa da gran bastardo, cercò di battere fino in fondo quella pista.

«Ma è lei quello nell'Audi A4, o sbaglio?»

«E allora?»

«E allora, signor Zucchi, è una ben fortuita coincidenza. Oltretutto c'è una donna lì con lei. Si metta nei nostri panni...»

«Vaffanculo! Pezzi di merda...»

«Prego?»

«È Joanna, è la badante di Carla» disse con la voce che quasi gli si strozzava in gola. «Imbecilli. È pure di colore.»

Gambuti trasalì. Diede uno sguardo di sottecchi al monitor, bloccato sul fotogramma che riprendeva l'auto di Zucchi.

«Che la persona al suo fianco sia di colore, lo vede soltanto lei, signor Zucchi.»

Antonio scosse il capo. Con voce sommessa disse: «Se non mi credete, possiamo andare a casa mia anche subito».

Quando uscirono dal portone di casa Zucchi, i volti dei due ispettori erano un coagulo di delusione, umiliazione e tristezza.

Delusione: Joanna aveva confermato la ricostruzione fatta da Zucchi. A quell'ora Zucchi la stava riaccompagnando a casa. Se avessero visionato le registrazioni della Banca Marche di tutta la settimana, ne avrebbero tratto un ulteriore riscontro.

Umiliazione: non solo per il corso disastroso delle indagini, ma per aver rinnovato il dolore di un uomo che di dolore ne stava provando fin troppo.

Tristezza: avevano rivisto Carla Crocetti. Ormai la donna non era niente di più che un corpo.

15.10

Rientrarono in questura e misero qualcosa sotto i denti, per dare pace alla bile che stava corrodendo i loro stomaci. Erano stati effettuati gli accertamenti sull'Opel Insignia. La proprietaria era una residente della zona e a quell'ora era semplicemente uscita di casa per fare un po' di spesa. Aveva pagato con la carta di credito e Nardi sapeva che non avrebbe avuto bisogno di ulteriori conferme. Fu lo squillo del cellulare a risvegliarlo dal torpore nel quale stava cadendo.

«Ispettore, le sto inviando per mail i dettagli dei primi referti dell'autopsia. Intanto, le comunico che la signora Tiberi è deceduta a causa di un arresto cardiaco. Nel sangue sono state rilevate le stesse sostanze chimiche precedentemente rilevate nelle analisi delle altre due donne, ma in questo caso la causa del decesso è dovuta alla presenza di altre droghe. In pratica, la signora Tiberi faceva uso di cocaina e l'interazione con le sostanze iniettate dal sequestratore le ha provocato l'arresto cardiaco.»

«Dottore, è sicuro che non sia stato il sequestratore a drogarla?» chiese Nardi.

«Ispettore, visto com'era ridotto il naso di quella donna, mi viene da chiedermi com'è che facesse a respirare.»

«La ringrazio, dottore.»

Nardi chiuse la telefonata e aspettò che Gambuti gli chiedesse notizie. Aspettò non più di due secondi.

«Che succede?»

«Succede che Claudia Tiberi era una cocainomane. Succede che adesso disponiamo un mandato di perquisizione per Giorgio Fiorotti. E stasera gli facciamo una bella sorpresa, così, giusto per verificare le dicerie sul suo conto.»

23.35

Quando l'agente dalla questura gli aveva fornito l'indirizzo di Fiorotti, Nardi quasi non ci aveva creduto: via Cappuccini. La stessa di Fabio Scatozzi. L'incubo si ripeteva: sembrava che tutto congiurasse contro di lui.

Nardi e Gambuti parcheggiarono in fondo alla strada, in corrispondenza di quelle mura castellane che proteggono la parte antica del paese.

Scesi dalla macchina, si scambiarono un'occhiata d'intesa: sapevano bene che lo scopo di quell'imboscata era di coglierli in una qualche situazione compromettente. Per la strada, intorno a loro, tutto taceva: erano giorni che la sera, e non solo, in paese imperava quella strana quiete.

Una volta sulla soglia dell'abitazione si decisero a bussare.

«Chi è?» chiese una voce maschile dall'altra parte della porta.

«Stiamo cercando Giorgio Fiorotti.»

La voce dall'altra parte temporeggiò, poi chiese nuovamente: «Chi è? Chi lo cerca?».

Nardi capì che era il caso di tagliare la testa al toro.

«Fiorotti, siamo gli ispettori di polizia Nardi e Gambuti. Abbiamo un mandato, per cui apra e non faccia storie. Altrimenti, a quello che troveremo lì dentro, aggiungeremo anche la resistenza a pubblico ufficiale.»

Ad aprire trovarono un uomo tarchiato, brizzolato, con indosso un accappatoio bianco e un paio di infradito nere. I due ispettori lo scansarono dall'uscio senza troppe cerimonie e penetrarono nell'appartamento. Non ebbero bisogno di cercare molto: in camera da letto trovarono altri due uomini e due donne. Una delle due, poco più di una ragazza, era legata mani e piedi al telaio in ferro battuto del letto, nuda. Aveva sul corpo lividi e segni di percosse. L'altra donna e i due uomini erano in piedi, intorno al letto, mentre cercavano frettolosamente di ricoprire le loro nudità. La donna indossava un corpetto di pelle e un collare borchiato, uno dei due uomini aveva al pene un anello fallico.

Giorgio Fiorotti tentò per un attimo di spiegare. Le urla dell'ispettore Nardi lo sovrastarono. Nardi invitò tutti a rivestirsi e a liberare la ragazza legata al letto. Di qualunque cosa si trattasse, avrebbero potuto chiarire tutto in questura.

Mentre i cinque personaggi venivano gentilmente invitati ad accomodarsi nelle due volanti giunte sul posto, il cellulare di Nardi prese a vibrare. Dal comando dei carabinieri arrivava la notizia che Carla Crocetti era stata trovata nella sua camera, stesa sul pavimento in una pozza di sangue.

22 marzo 2015

10.30

«Hai sentito che casino, stanotte?»

«Ho sentito le sirene» rispose Mario.

«Sì, come Ulisse» disse l'altro. «C'è stato il finimondo: ambulanze, polizia, carabinieri, arresti... Un casino!»

«Sul giornale non ho trovato niente» disse Mario, sventagliando il *Corriere Adriatico*.

«E certo, è successo tutto in tarda serata, che cazzo vuoi trovare. Ma non li vedi i tg?»

«Tu scommetto che li vedi.»

«Eccome: mica sono uno psicopatico asociale fuori dal mondo come te.»

«Cosa ti preparo? Lo vuoi il tuo tè?» chiese Mario cercando di cambiare argomento.

«Lascia stare il tè, coglione! Hanno ritrovato Carla Crocetti morta, a casa sua!»

«Chi?»

«E smettila! Lo sai benissimo di chi parlo. E sai la chicca? Il marito è scomparso, si è volatilizzato. Di sicuro non ce l'ha fatta più a vederla in quel modo, ha sbroccato e le ha fracassato la testa. Pare che abbia usato un attizzatoio.»

«Ma che gusto ci provi? No, davvero. E poi, come fai a sapere tutte 'ste cose?»

«Guarda che quello strano sei tu: in paese non si parla d'altro.»

«E lo strano sarei io? Forse siete tutti voi a essere definitivamente impazziti.»

«Certo, certo... Siamo tutti pazzi tranne te.»

Quando Rosa fece capolino dalla cucina, portando al banco un vassoio di panini, Walter tacque. Infine si decise a ordinare il suo tè.

10.55

Nell'aula riunioni della questura, spoglia fino a potersi definire asettica, dietro un enorme tavolo in legno marrone, c'era il questore Marinelli; Nardi e Gambuti erano alla sua destra; sul lato corto del tavolo, un agente con un computer portatile davanti a sé. Di fronte al questore, l'intero personale della squadra mobile.

Marinelli aveva convocato una riunione al gran completo. C'erano parecchi aggiornamenti che andavano discussi e bisognava tirare i fili e concordare un piano d'azione.

La vittima del primo rapimento, Carla Crocetti, era stata sequestrata per sette giorni e poi rilasciata in una sorta di Alzheimer indotto. La donna era stata poi violentata da un terzo incomodo occasionale, che era stato arrestato ma che con la vicenda del sequestratore non aveva nulla a che vedere; probabilmente era stato un depistaggio da parte di Nessuno, per confondere le acque. Il post-sequestro della Crocetti si era concluso nel dramma. Il marito, Antonio Zucchi, era fortemente indiziato del suo assassinio e aveva fatto perdere le tracce. Si poteva ipotizzare anche qualcosa di molto sottile: magari Nessuno conosceva le abitudini di Zucchi, sapeva del tratto di strada che percorreva per accompagnare la badante della moglie, e nel sequestro di Claudia Tiberi poteva aver scelto quel tragitto appositamente, per far cadere i sospetti proprio su Zucchi. Sarebbe stato un altro depistaggio.

La seconda vittima, Tiziana Fardella, era stata sequestrata e rilasciata negli stessi tempi e nelle stesse condizioni psicofisiche. A differenza della Crocetti, portava un indizio. Un completo di pelle sadomaso. Esaurite rapidamente le ricerche su fiorai e sexy shop, l'unica pista percorribile era diventata quella della perquisizione in casa Fiorotti, noto in paese per certe dicerie a proposito di festini molto particolari.

La pista era stata avvalorata dall'autopsia sulla terza donna sequestrata, Claudia Tiberi, che aveva rilevato l'uso abituale di cocaina da parte della donna. La cocaina in quel genere di festini era molto comune.

Ma davvero Fiorotti era coinvolto?, si chiedeva insistentemente Marinelli. Certo, la perquisizione nel suo appartamento e la scientifica avrebbero potuto dare delle risposte. Era necessario spremere quei pervertiti affinché venissero fuori anche le altre, di risposte. Ma se si fosse trattato invece dell'ennesimo depistaggio? Ed era così credibile l'innocenza professata da Nessuno nella sua seconda lettera, quella in cui parlava della morte di Claudia Tiberi come di un incidente di percorso?

***

13.20

Mentre guidavano verso la caserma dei carabinieri di Tolentino, i due ispettori non si erano certo risparmiati le critiche nei confronti del questore Marinelli. Aveva iniziato Gambuti a difendersi dalle accuse che, anche se in maniera indiretta, il questore aveva rivolto loro. Non gli era andata giù la critica di scarso impegno dimostrato.

Nardi aveva concordato: se c'era stato qualcuno che non si era impegnato, quello era proprio il questore. Loro magari potevano aver fatto delle cazzate, ma che se ne fossero sbattuti, proprio no. Il questore li aveva messi in guardia da un possibile subentro dei Ris. Che se ne andasse affanculo il questore. E pure i Ris.

Ad accoglierli in caserma e ad accompagnarli lungo il corridoio era stato il capitano Scotti. Scotti conosceva molto bene La Torre ed era sinceramente dispiaciuto per lui. La Torre era davvero scosso e il capitano aveva raccomandato ai due ispettori di andarci piano.

Arrivarono a una porta di una qualsiasi delle stanze di quel comando. Ma lì dentro c'era La Torre. Li stava aspettando. Lo trovarono assorto davanti a un pc.

«Capisco benissimo il suo stato d'animo» disse Nardi dopo i primi convenevoli «ma dobbiamo parlarne, abbiamo bisogno di sapere il più possibile, è per questo che le ho chiesto un appuntamento.»

La Torre, con lo sguardo basso e con le lacrime agli occhi, fece un cenno di assenso. Era chiaro che aveva tutto l'interesse a collaborare. Ma sapeva dove l'ispettore sarebbe andato a parare.

«Come sicuramente già saprà, il referto del medico legale dichiara che sua moglie faceva uso abituale di cocaina.»

Nardi evitò di proposito la parola «autopsia», un po' per rispetto verso La Torre, un po' per rispetto verso il suo stomaco. Appoggiò un foglio A4 sul tavolo.

«Vede? Il medico legale non prende neanche in considerazione l'ipotesi di un uso occasionale. A questo punto, La Torre, comprenderà bene che non possiamo esimerci dal farlo; dobbiamo chiederle cosa ne sa lei di questa faccenda. Da quanto tempo sua moglie faceva uso di cocaina? Con chi? Dove se la procurava?»

La Torre non resse. Era troppo e troppo veloce. Scoppiò in lacrime.

Nardi e Gambuti si guardarono negli occhi: era come un déjà vu, era come se qualcosa di molto simile a quanto accaduto con Antonio Zucchi si stesse verificando, di nuovo.

«So che non mi crederete» disse La Torre, la voce letteralmente rotta dal pianto. «Ma vi giuro che non ne so nulla.»

Lasciarono la caserma che erano passate da poco le quattordici. All'invito a pranzo del capitano, Nardi aveva preferito glissare.

Si erano convinti della sincerità di La Torre. La moglie gli aveva nascosto la dipendenza dalla cocaina e lui non se n'era mai accorto. Notava, certo, alcuni sbalzi d'umore, ma in fondo si era convinto che facessero parte del suo carattere. Solo adesso li ricollegava a quella dipendenza.

Mentre tornavano verso la questura, si fermarono lungo la strada per un panino al volo. A Gambuti, tutte quelle storie di mariti e di mogli fecero pensare al suo ispettore capo. Nardi, dopo quelle prime confidenze, non aveva più toccato l'argomento.

«A te come vanno le cose?» gli chiese. Sapeva che l'altro avrebbe inteso al volo a cosa si stesse riferendo.

«Nessuna nuova» disse Nardi amaro.

«Sei riuscito a parlarle?»

«Brevemente. Una volta, poi più nulla. È andata a stare dai suoi e non mi ha lasciato molte speranze. Di sicuro, per il momento ha bisogno di mettere distanza.»

«Mi dispiace» disse Gambuti. «Stai uno straccio. Hai provato a richiamarla?»

«Mi prendi per il culo? Certo. Ma neanche mi risponde. Vuoi che te lo dimostri?» disse Nardi tirando fuori il cellulare.

Gambuti pregò dentro di sé che non facesse sul serio, che non stesse davvero per comporre il numero di sua moglie davanti a lui. Per fortuna, il telefono di Nardi ricevette una telefonata.

Nardi rispose e poi, per un istante, si illuminò. Stava succedendo qualcosa di grosso.

«Arriviamo subito» disse chiudendo la conversazione. Poi guardò il suo collega con un sorriso a trentadue denti, quasi incredulo.

«Su un frustino, trovato in un cassetto a casa di Giorgio Fiorotti, sono state rilevate le impronte di Tiziana Fardella.»

23.30

Il lunedì sera più di tutti gli altri giorni, Serrapetrona era il deserto nel deserto. Il paesino, arroccato sulla collina a dodici chilometri da Tolentino, con il passare degli anni si era spopolato: non c'erano più negozi, soltanto un alimentari aperto a intermittenza, un'osteria aperta il fine settimana e il bar La Cantinella di Adriano, l'unico dove prendere un caffè o un bicchiere di vernaccia.

Il bar era rimasto aperto per lui, non passava più nessuno da oltre un'ora. Era seduto su uno sgabello di legno al bancone. Le luci erano basse, soltanto dei piccoli faretti dall'alto lo illuminavano; il resto del locale era pressoché al buio. Adriano avrebbe voluto chiudere per quella sera e andare via, per questo aveva spento quasi tutte le luci, ma qualcosa glielo aveva impedito. Il cliente gli chiese di versargli l'ennesima vodka liscia. Si era scolato quasi un'intera bottiglia.

All'inizio quel cliente era stato silenzioso, ma dopo la terza vodka aveva cominciato a parlare e a raccontare la sua storia. Quando il cliente aveva visto Adriano prendere il telefono – probabilmente per chiamare i carabinieri – be', a quel punto lui aveva tirato fuori dal giaccone una pistola e l'aveva appoggiata sopra il bancone accanto al bicchierino vuoto. Adriano aveva riposto immediatamente il suo smartphone e si era guardato attorno. Il locale era vuoto.

«Perché mi hai raccontato la tua storia? Cosa vuoi da me?»

«Nulla. Ti ho solo raccontato la storia di un povero disgraziato.»

«Adesso mi ucciderai?»

«No. Sono io che mi ucciderò. Tu versami da bere e basta, a meno che tu non voglia un bel buco da qualche parte. Io non ho nulla da perdere.»

Il barista annuì senza aprire bocca.

L'uomo non perdeva di vista Adriano, non era andato nemmeno in bagno: aveva preferito pisciarsi addosso.

Chissà a quale numero di bicchieri di vodka l'uomo perse l'equilibrio e cadde giù dallo sgabello. Adriano fece il giro da dietro il bancone per soccorrerlo, ma quando si accorse che quello aveva la pistola stretta in pugno, fece un salto indietro. Solo a quel punto Antonio Zucchi si infilò la canna della pistola in bocca e fece fuoco.

23 marzo 2015

Arrestato Nessuno.
Tolentino e la polizia tirano un sospiro di sollievo.

Ieri, domenica 22 marzo, è arrivata la svolta nel caso che ha sconvolto Tolentino e provincia. A seguito della perquisizione effettuata dalla polizia sabato 21 nell'abitazione di Giorgio Fiorotti, sono state rinvenute le impronte digitali della signora Tiziana Fardella, seconda vittima del sequestratore.

Tiziana Fardella era stata rapita il 10 marzo e rilasciata sette giorni dopo, in stato di shock e con un evidente indizio per le forze dell'ordine: un completo sadomaso. Sarebbe stato questo indizio, unito alla notizia di uso di cocaina da parte di Claudia Tiberi, a condurre le forze dell'ordine al giro di festini, sesso di gruppo e – con ogni probabilità – prostituzione facente capo a Giorgio Fiorotti. Dalle dichiarazioni fatte in conferenza stampa dal questore Marinelli e dai due ispettori Nardi e Gambuti, il caso si avvia all'archiviazione. Nell'abitazione di Giorgio Fiorotti e della moglie,

Elisa Pagnanelli – entrambi al momento in stato di fermo – sono stati rinvenuti anche quattro grammi di cocaina. Tale ritrovamento chiuderebbe il cerchio, avallando l'ipotesi di un coinvolgimento di Fiorotti anche nel sequestro e decesso di Claudia Tiberi.

Dopo essersi difesi dichiarando la loro estraneità ai fatti, i coniugi si sono rivolti al loro avvocato e si sono avvalsi per il momento della facoltà di non rispondere. Le altre tre persone trovate in casa di Fiorotti la sera del 21 marzo – M.P., S.S. e R.A. – sono state anch'esse interrogate e hanno dichiarato di trovarsi sul posto come clienti occasionali a pagamento, estranee ai fatti di cronaca accaduti. Rimarranno a disposizione per eventuali successivi accertamenti.

La conferenza stampa si è conclusa con l'abbandono dell'aula da parte dell'ispettore Nardi, stuzzicato e indispettito dalle provocazioni di alcuni giornalisti: se Nessuno non avesse commesso quell'ingenuità, sostanzialmente autodenunciandosi, la polizia lo starebbe ancora cercando.

08.55

«Affibbiarci le responsabilità pure di un suicidio lo ritengo esagerato» rispose Gambuti, che era seduto davanti al computer.

«Eppure Marinelli con quella telefonata voleva dire proprio questo: Zucchi è rimasto nei dintorni e noi non siamo stati capaci di trovarlo.»

«Noi? Intendeva tutta la squadra mobile, forse.»

Nardi aveva ormai dimenticato cosa significasse passare la notte a dormire. In quella precedente, gli eventi si erano rincorsi: l'arresto di Fiorotti, gli interrogatori, poi la chiamata e la corsa a Serrapetrona, dove Zucchi aveva deciso di darci un taglio. E il questore riusciva a dargli la colpa di tutto.

Nardi e Gambuti, nella sala della questura, stavano setacciando i tabulati delle utenze telefoniche di Fiorotti, pervenuti in mattinata, confrontandoli con i cellulari sequestrati. Risultava chiaro che Giorgio Fiorotti possedeva due utenze per due usi ben distinti: un telefono bianco, con circa quattrocento contatti in rubrica, amici, parenti, contatti di lavoro e roba pulita; e un telefono nero, in cui i nomi in rubrica erano soltanto ventidue. E che nomi. Individuarono immediatamente il numero di Tiziana Fardella, rubricato alla voce *Micetta triste*. L'ultima chiamata effettuata verso Micetta triste risaliva alle 14.27 del 10 marzo.

Rintracciare le altre ventuno voci in rubrica e portarle in questura era la prima cosa da fare, dopo aver fissato un nuovo incontro con Fiorotti e compagna, per capire se, a proposito di quella telefonata, volevano starsene ancora in silenzio.

Nardi e Gambuti furono spiazzati. I Fiorotti, insieme al loro avvocato, li avevano anticipati e avevano chiesto di poter rendere una dichiarazione spontanea. Era stato l'avvocato De Mattei a iniziare e in seguito a dare la parola a Fiorotti.

I due ispettori restarono però delusi dalla sostanza delle dichiarazioni. Quindi incalzarono i coniugi, cercando di farli confessare su quanto accaduto a Tiziana Fardella e alle altre due donne, ma non trovarono in alcun modo terreno fertile. Fiorotti e consorte erano lì per costituirsi solo e soltanto per ciò che aveva attinenza al loro giro: sfruttamento della prostituzione e possesso di cocaina, sempre per uso personale. Con tutto il casino che stava succedendo in paese non avevano niente a che fare. Confermarono che la signora Fardella si recava da loro circa una volta al mese, ma a loro non interessava chi fosse e cosa facesse. Dopo due ore di interrogatorio, l'avvocato De Mattei chiese il processo per direttissima per i reati ammessi.

18.15

«Che ne pensi?» chiese Gambuti.

«Penso che lo stronzo si sta parando il culo.»

«Questo è sicuro. Ma ti sembrano credibili quei due, nei panni di Nessuno?»

«Non lo so. Quel Fiorotti mi fa schifo. Mi puzza. Secondo me non ci hanno detto tutto.»

«È possibile» disse Gambuti, mentre osservava la strada scorrere oltre il finestrino dell'Alfa. «Ma non penso sia Fiorotti il pazzo che stiamo cercando. Non credo che Nessuno sia così ingenuo da mandarci un indizio tanto palese. Nessuno conosceva le sue vittime e di sicuro sapeva che Fiorotti poteva essere un anello di congiunzione. Così ci ha mandati da lui.»

Nardi pigiò sull'acceleratore.

Era successo tutto nell'arco di due giorni: la morte di Claudia Tiberi, l'omicidio di Carla Crocetti, il suicidio di Zucchi, l'arresto di Fiorotti. Nardi si morse le labbra, quasi a sangue: stava realizzando che, in mezzo a quella serie forsennata di eventi, Nessuno, se davvero non era Fiorotti, stava per ghermire la sua quarta preda.

Marco Ruffini fece accomodare i due ispettori in salotto, su un ampio divano di pelle bianca. Lui prese posto su una poltrona. Tra di loro, un tavolo basso con tre bicchieri e una bottiglia giallo paglierino.

I due ispettori si accorsero subito dell'imbarazzo che manifestava il signor Ruffini. Lasciarono che facesse alcune domande sulle indagini e che riportasse le condizioni di salute di sua moglie, ancora ricoverata all'ospedale di Macerata, in fase di peggioramento. Poi Nardi decise di venire al dunque.

«Ci racconti perché ci ha chiamato qui, Marco» gli disse con un tono paternalistico che poco gli si addiceva. «Ci parli di questo "particolare importante sul passato".»

Ruffini versò nel suo bicchiere il secondo giro; i due ispettori con un cenno della mano gli fecero capire che per loro bastava così. Dopo averlo mandato giù d'un fiato, Ruffini iniziò a raccontare timidamente della serata trascorsa anni prima con la sua fidanzata. Le tre rose blu, il completino di pelle, quelle richieste così assurde e imbarazzanti. Ruffini aveva continuato a versarsi da bere, ripetendo che, dopo quella sera, Tiziana non era mai più tornata sull'argomento. Anzi, per quanto ne sapeva lui, quella roba era finita nella spazzatura.

Nardi lo guardò fisso negli occhi, con commiserazione, pena, rabbia e incredulità.

«Ruffini» gli disse, tornando a un distacco più istituzionale «da quanto tempo vi conoscete lei e Tiziana?»

«Nove anni.»

«E in nove anni non si è mai accorto della donna che ha accanto? Vuole che le creda?»

Ruffini chinò il capo. Forse non voleva che Nardi gli credesse. Ma di certo, quella era l'unica verità che potesse raccontargli.

Nel silenzio del salotto, lo squillo del cellulare di Nardi rimbombò come un assolo di batteria in una cattedrale vuota. Nardi guardò il display. Era Marinelli.

«Rispondigli tu» disse passando il cellulare a Gambuti.

Gambuti si alzò dal divano e si allontanò di qualche passo.

Nardi si versò il suo secondo giro e versò da bere anche a Ruffini. Più di metà della bottiglia era ormai vuota. Portò il bicchiere alla bocca, lo mandò giù e sentì la gola avvampare.

Osservò Gambuti: aveva finito di parlare con il questore e gli stava facendo cenno di raggiungerlo lì, sulla soglia del salone.

«Che voleva quello stronzo?»

«Hanno perquisito la casa di Antonio Zucchi.»

«Be'?»

«È saltata fuori una scatola con sexy toy e un cellulare. Il cellulare ha solo due numeri in rubrica: uno è fuori servizio; l'altro è presente pure nella rubrica di Fiorotti, salvato come *Leonessa*.»

24 marzo 2015

Fiorotti, sentito nuovamente dai due ispettori in presenza dell'avvocato De Mattei, anche di fronte ai nuovi sviluppi non aveva fatto altro che confermare la propria posizione, negando nella maniera più assoluta di aver mai ricevuto in casa Carla Crocetti, né tantomeno Claudia Tiberi. A suo dire, non sapeva che Leonessa – al secolo Laura Dotti – fosse in qualche modo legata con una delle vittime di Nessuno. Lui la conosceva come Leonessa e basta, non sapeva né il suo nome né il suo cognome, né che facesse nella vita, né che gente frequentasse; ed era così con tutte le altre clienti, Fardella compresa.

Leonessa ebbe modo di confermare, o quantomeno di non confutare, la versione di Fiorotti. Non era attraverso lui che aveva conosciuto Carla, ma attraverso una chat di incontri.

«E lei ha aspettato tutto questo tempo per venire a rilasciare le sue dichiarazioni?» chiese Nardi con un moto di stizza.

«È una faccenda molto personale» provò a giustificarsi la donna.

Se n'era rimasta in disparte per evidenti ragioni di privacy e per paura che tutto potesse esploderle in faccia, mandando in frantumi vita e matrimonio. Lei e Carla Crocetti, ammise la donna, avevano una relazione da tempo.

Era il solito casino: dagli altri nomi identificati nella rubrica di Fiorotti, non veniva fuori niente di rilevante. Nessuno sembrava avere a che fare, a prima vista, con le donne sequestrate.

Il coinvolgimento di Tiziana Fardella nel giro di Fiorotti era scritto ormai nero su bianco, ma il legame delle altre due vittime con l'uomo attualmente accusato di essere quel Nessuno che aveva gettato il paese nel panico era – bisognava ammetterlo – labile.

Più che una conclusione avvalorata da prove certe, la colpevolezza di Fiorotti era una speranza per i due ispettori. Se così non fosse stato, tra due giorni si sarebbero trovati alle prese con un nuovo sequestro. E con il loro più totale fallimento.

Le vittime hanno qualcosa in comune, diceva la prima lettera di Nessuno. Ma cosa? Il sesso extraconiugale poteva essere una via. Ma allora, cosa c'entrava Claudia Tiberi?

«Dobbiamo perquisire la casa di La Torre» disse Gambuti.

«Già. E alla svelta.»

«Dobbiamo aspettare almeno fino a domani. Direi che è il caso di evitare a quel poveretto un altro supplizio, nel giorno del funerale della moglie.»

Nella tarda mattinata, mentre era ancora in questura, il telefono di Nardi venne raggiunto da un numero che l'ispettore aveva ormai messo nel dimenticatoio.

«Dottor Vissani, quali nuove?»

«Be', direi nuove di una certa rilevanza.»

«Sono tutto orecchie.»

«Vede, andando al sodo… Ho ragione di credere che gli effetti indotti sulle donne sequestrate possano essere stati prodotti dall'inoculazione massiccia di comunissime soluzioni antinvecchiamento usate per il trattamento della pelle.»

Nardi sobbalzò sulla sedia.

«Che cosa? Dottor Vissani, è sicuro che…»

«Ispettore, trattandosi di Alzheimer, o di qualcosa che comunque in queste prime fasi presenta sintomi che a esso sono riconducibili, di sicurezze ce ne sono poche, altrimenti la malattia sarebbe bella che sconfitta.»

«Non la seguo.»

«Le cause, i sintomi, il decorso e la cura della malattia sono ancora oggetto di approfonditi studi.»

«Vada avanti.»

«Qualche tempo fa, uno di questi studi sull'insorgere della malattia ha destato un certo scalpore. Ricercatori americani hanno in qualche modo legato la malattia a una carenza dell'amminoacido arginina, dovuta probabilmente a un malfunzionamento del sistema immunitario. Questa arginina verrebbe sostanzialmente "digerita" attraverso un enzima, l'arginasi. È proprio un innalzamento a livelli enormi di questo enzima che è stato riscontrato nelle analisi.»

«E questo innalzamento come sarebbe stato indotto?»

«In maniera del tutto empirica. Gliel'ho detto, sull'Alzheimer non ci sono risposte certe, e se non le hanno i ricercatori, le assicuro che non può averle neanche la persona che ha prodotto tutto questo. Ho ragione di credere, in tutta onestà, che quel pazzo abbia tirato a caso, somministrando di volta in volta quantitativi del suo intruglio, stando a vedere che cosa succedeva. Non abbiamo neanche certezze che lo stato confusionale o, se vuole, di perdita di memoria delle vittime, sia al cento per cento riconducibile all'Alzheimer. Quell'uomo ha solo sconsideratamente messo in pratica – al contrario – le conclusioni di uno studio di ricerca. Si è dato al fai da te e ha cercato il modo più rapido possibile per trovare in commercio gli attivatori di quell'enzima.»

«Soluzioni antinvecchiamento, ha detto?»

«È un'ipotesi, ispettore, soltanto un'ipotesi.»

15.30

Riuscì a vederla tra la folla, dopo averla cercata con lo sguardo appena entrato nella piazza. Accolse quella visione con un vero sollievo. Piero le si avvicinò.

«Ti ringrazio per essere venuta. Lo apprezzo molto.» Forse poteva anche leggerlo, se non proprio come un gesto di riconciliazione, almeno come un segnale distensivo.

«Ho capito che ci tenevi» gli rispose Oriana.

La chiesa era strapiena di gente e di forze dell'ordine. La cerimonia funebre era già iniziata. Riuscirono a raggiungere Gambuti, in piedi, in fondo alla navata destra. Da lì, avevano una buona visuale sui presenti.

«Mi raccomando, occhi aperti. Una di queste facce potrebbe essere lui.»

Ai piedi del grande altare, don Rino ricordava ai presenti che dovevano essere felici per Claudia, ricongiuntasi al Creatore. In prima fila, Franco La Torre in divisa e i familiari della donna non sembravano così felici. C'era anche Scotti, insieme a tutti gli altri colleghi di La Torre.

Quando don Rino ebbe terminato di consolare sapientemente i presenti, l'ispettore Nardi, sua moglie e Gambuti si mossero in fretta verso l'uscita. Volevano vedere bene in faccia tutti coloro che sarebbero sbucati da quella soglia.

Sapevano che ad aspettarli c'era Calcaterra. Non appena vide Nardi uscire dalla chiesa, gli si fiondò addosso.

«Ispettore, cerca Nessuno tra la folla? Da come si comporta, sembra che lei non creda poi molto alla pista Fiorotti.»

Nardi lo guardò duro, con disprezzo.

«Le sembra il momento più opportuno?» disse, facendo cenno al carro funebre aperto, in attesa del feretro. «Sa cosa potrebbe fare per rispetto a quella donna e ai suoi familiari? Andarsene.»

Calcaterra non si fece intimidire e nel suo sguardo ricambiò lo stesso disprezzo.

«Ispettore, io adesso me ne vado. Ma se tra due giorni salta fuori un altro sequestro, le assicuro che ritorno.»

27 marzo 2015

Il giorno prima, tutti avevano aspettato la notizia. Le strade, le piazze, i negozi di Tolentino per tutto il giorno erano rimasti quasi deserti. In pochi avevano avuto il coraggio di uscire. La notizia era attesa con paura, con ansia, ma nello stesso tempo come una liberazione: sulla città avrebbe potuto abbattersi un tifone ma, una volta passato, si poteva rimettere il naso fuori di casa.

Polizia e carabinieri di ronda per le strade. Due volanti a piantonare Fiorotti agli arresti nella sua abitazione.

Nardi e Gambuti in mattinata erano tornati all'ospedale per un nuovo incontro con Tiziana Fardella, nella speranza che potesse ricordare anche un minimo particolare che tornasse utile per risalire a Nessuno. Tempo sprecato.

L'ingresso della questura era presidiato da giornalisti delle redazioni locali e nazionali.

Ma non successe niente.

Gli abitanti del paese erano andati a dormire in uno stato di sospensione. E al loro risveglio, quando forse si sarebbero aspettati di saperne di più dai giornali o dalle tv, immaginando che la notizia potesse essere arrivata nella notte, ancora niente.

Non era scomparsa alcuna donna. Non era pervenuta alcuna denuncia.

L'allarme era rientrato.

Mentre la posizione di Fiorotti, a quel punto, era davvero compromessa.

11.15

«E adesso che cosa vogliono farmi credere?» disse Walter entrando nel bar. «Che non sei tu Nessuno?»

«Sempre voglia di rompere i coglioni, eh.»

«Bada a come parli, dovresti portare rispetto per un uomo della mia età.»

«Tu hai un'età quando ti conviene...»

Walter tirò fuori il *Corriere Adriatico* arrotolato in una tasca del cappotto e quasi lo sbatté sul bancone, sotto gli occhi di Mario.

«Ma si può titolare così? Come fanno a dare così per scontato che il pazzo sia Fiorotti? È sufficiente che non ci sia stata una nuova denuncia?»

«Tu non credi se non tocchi, come si dice.»

«Non è solo questo. Ascolta: o questo Fiorotti è un gran coglione, che prima fa il furbo e poi si fa prendere stupidamente, e allora c'è qualcosa che non torna; oppure il fatto che non sia saltata fuori un'altra denuncia potrebbe essere un'ennesima mossa di Nessuno. Cioè tua, no?»

«E basta, su.»

«No no, Mario, davvero, bella mossa. Pensavo fossi un imbecille e invece, anche se in maniera completamente malata, sei furbo. In questo modo hai fatto incriminare definitivamente Fiorotti.»

«Walter, smettila. Se in questo momento entra qualcuno nel bar, chissà che si pensa…»

Il problema era uno soltanto: non c'erano ancora prove a sufficienza per accusare Fiorotti e chiudere la storia. Certo, non era la prima volta che qualcuno veniva sbattuto in galera sulla base di elementi indiziari – e altrettanto certamente non sarebbe stata l'ultima – soltanto per avere un colpevole e mettersi l'anima in pace.

Per tutta la settimana successiva a quel fatidico 26 marzo in cui nulla era accaduto, contrariamente a quanto Nessuno aveva annunciato nella sua lettera, gli ispettori Nardi e Gambuti avevano cercato prove. Con la scientifica erano tornati a passare al setaccio le abitazioni di Fiorotti e di tutte le persone coinvolte, in cerca di qualcosa che fosse sfuggito. Avevano esaminato attentamente i computer, riascoltarono chiunque fosse entrato a far parte della vicenda.

Fiorotti e sua moglie, al di là del giro di prostituzione, mantenevano salda la loro linea difensiva. Non avevano minimamente idea di che cosa fosse la sostanza iniettata alle donne sequestrate, né il perché della loro perdita di memoria. Restarono agli arresti domiciliari in attesa del processo.

I due ispettori, un po' per necessità, un po' per comodità e un po' perché non avevano più idea di che pesci pigliare, cominciarono a considerare seriamente l'idea che Nessuno fosse Fiorotti e che il caso potesse essere archiviato. Del resto, un'intera settimana era ormai passata senza che lo psicopatico avesse battuto un colpo.

Nardi capì che forse era il momento di tirare il fiato. E lo capì una sera, rientrando a casa e trovando la tavola apparecchiata.

Trovò Oriana. Aveva preparato la cena e, anche se diceva di non essere ancora pronta per tornare definitivamente a casa con lui, quella cena di sicuro era un buon segno. Forse bisognava ripartire dalle piccole cose, con calma, lentamente. Forse bisognava lasciarsi alle spalle i disastri di quegli ultimi mesi.

1 aprile 2015

09.22

Il cielo era coperto e prometteva pioggia da un momento all'altro.

Un vento leggero faceva ondeggiare un tricolore sulla facciata della questura. Anche Loredana ondeggiava lentamente, barcollava, mentre attraversava il portone.

«Mi chiamo Loredana» disse all'agente in guardiola. «Devo parlare urgentemente.»

«Prego, scusi?»

«Mi chiamo Loredana» ripeté. «Devo parlare urgentemente.»

Attraverso il vetro, la donna mostrò all'agente il foglio stropicciato che teneva in mano. L'agente capì che era il caso di allertare immediatamente l'ispettore Nardi.

***

11.05

Quando si pensa di aver scacciato una brutta malattia e poi, all'improvviso, ci si accorge che la malattia è ritornata, malgrado si sapesse che sarebbe potuto succedere, nessuno ha la forza di ricominciare.

In uno dei corridoi dell'ospedale di Macerata, dove la donna era stata immediatamente condotta, Nardi e Gambuti, senza sapere cosa fosse realmente successo, senza sapere chi fosse quella donna, senza il bisogno di dover avere conferme dal personale medico, avevano capito che la loro parte in quel film era terminata.

Erano stati contestati, colpevolizzati e messi alla gogna per tutto quello che era accaduto e per ciò che ancora doveva succedere. Quando il dottore li chiamò per le prime impressioni sulla donna ricoverata, lo seguirono in una stanza appartata. Ma era solo una formalità: nulla nelle parole che lui aveva da dire avrebbe potuto influire di una virgola su quella faccenda.

La donna era in stato di shock, presentava ecchimosi sui polsi e sulle caviglie, era denutrita, sarebbero stati fatti accertamenti, e tutto quell'altro mucchio di parole che avevano già sentito troppe volte in quelle settimane.

Ciò che di diverso c'era con gli altri casi era che Loredana Pagliari non aveva marito, né altri parenti stretti a Tolentino. Loredana Pagliari, il cui profilo già figurava nei file della questura, a Tolentino aveva solo clienti. E questo spiegava il perché nessuno avesse denunciato la sua scomparsa: chi l'avesse fatto si sarebbe al contempo autodenunciato non solo alle forze dell'ordine ma soprattutto alle mogli e alle famiglie. Chi era disposto a far sapere che frequentava una prostituta?

Quando Nardi uscì dall'ospedale, sentì la vibrazione del suo cellulare. Non aveva dubbi che a chiamarlo, in quel momento, fosse il questore Marinelli e non aveva voglia di sentirsi dire per l'ennesima volta quanto fosse incompetente. Prima che Marinelli potesse iniziare a parlare, lui gli avrebbe comunicato la decisione irrevocabile che aveva preso.

2 aprile 2015

«Caso Nessuno, c'è una quarta vittima. L'ispettore Nardi rassegna le dimissioni» lesse Walter a voce alta.

«Sì» confermò Mario. «Ho già letto l'articolo.»

«Che ti dicevo? Altro che caso chiuso. Qui siamo ancora più che mai nella pazzia, e quello lì ha fallito, anzi hanno fallito, erano in due. Quel figlio di puttana di Nessuno ha costruito tutto a tavolino. Ha fatto convogliare le indagini su Fiorotti, poi ha sequestrato quella puttana, sapendo che per vergogna nessuno ne avrebbe denunciato la scomparsa. E tutto questo per giocare con l'ispettore, per metterlo in ridicolo, per distruggerlo. Aveva pianificato tutto nei dettagli.»

«Sai che mi fa pena?»

«Chi?»

«Nardi.»

«Scherzi? È un idiota. E adesso paga per la sua idiozia. Quantomeno ha avuto la coerenza di assumersi le sue responsabilità ufficialmente, anche con i giornalisti.»

«Era distrutto, in conferenza stampa, non l'hai visto? Aveva gli occhi lucidi.»

«Lacrime di coccodrillo, caro mio. Come si dice: chi è causa del suo mal...»

Mancava soltanto un giorno al sequestro della quinta e ultima vittima, mancava poco all'atto finale, troppo poco: si giocava la partita più importante e la squadra aveva cambiato allenatore, proprio in quel momento. Il conferimento dell'incarico ai Ris di Roma da parte del questore Marinelli, in sostituzione di Nardi e Gambuti, non sarebbe servito a salvare la quinta pedina.

Gambuti, svolgendo le ultime funzioni all'interno della vicenda, fino a tarda notte aveva illustrato ai Ris la documentazione, mettendoli a conoscenza del lavoro svolto da loro, dalla scientifica e da tutti i reparti della polizia.

Mentre a notte fonda terminava la seconda birra, da solo, nel proprio appartamento, ripensava alle parole di Marinelli. *Converrà anche lei che un suo trasferimento, suo come di Nardi, sia a questo punto inevitabile.* Sì, Gambuti conveniva. E conveniva anche sul fatto che aveva bisogno di un po' di riposo, nell'attesa di quel trasferimento. Era certo che a nulla sarebbe valso l'intervento dei Ris: la partita era persa, questa era la verità. E lui non poteva fare altro che accettarlo, per il momento. Magari un giorno sarebbe anche riuscito a farci i conti.

Aveva in programma, già dall'indomani, di partire per Campobasso e rifugiarsi dai suoi, per provare a fare un po' di ordine nella sua mente. Prima della partenza, sarebbe passato da Nardi.

3 aprile 2015

Con un certa sorpresa, e anche con un po' di imbarazzo, a casa di Piero non trovò soltanto il suo ormai ex capo. C'era anche Oriana.

Oriana insistette molto per farlo rimanere a pranzo. Lui cercò di tirarsi indietro, non voleva essere invadente, era passato solo per un saluto. Lei, con un sorriso, gli disse che quella storia, in qualche modo, aveva coinvolto tutti e tre, e che anche a Piero avrebbe fatto molto piacere se lui si fosse trattenuto ancora un po'.

A tavola, Gambuti non fu per niente a suo agio. Certo, non era nell'animo giusto per grandi convivialità, ma non solo; c'era qualcosa che stonava. Oriana faceva il possibile per rendere l'atmosfera distesa, per cercare un qualche argomento di conversazione. Lei, pur avendo passato un periodo difficile, quello era sicuro, era come se fosse già un passo avanti agli altri due, soprattutto un passo avanti a Nardi. Guardandola dava l'impressione, o forse la speranza, che tutto sarebbe tornato alla normalità.

A guardare Piero, invece, Gambuti non poteva fare altro che ricavare la sensazione opposta. Era sfinito, esausto, esaurito. Non aveva detto quasi nulla durante il pasto. Fu lui per primo ad alzarsi da tavola e a congedare Gambuti. Era stanco, aveva detto, aveva bisogno di stendersi un po' a letto.

Si salutarono e alle due e mezza Gambuti lasciò casa di Piero e Oriana. Salì sulla sua auto, direzione Campobasso.

Era arrivato a casa dei suoi nel tardo pomeriggio. Erano mesi che non li vedeva, erano mesi che non frequentava quella casa. E il primo pensiero, una volta oltrepassata la soglia, fu che quella pausa gli serviva, gli avrebbe fatto bene. Aveva bisogno di uno spazio sicuro, di un luogo schermato e protetto da qualsiasi eco, da qualsiasi voce che rimandasse, anche solo velatamente, al disastro in cui si era trovato coinvolto e di cui, probabilmente, era uno dei responsabili. Si trovava dove doveva stare, adesso: al riparo.

Non scambiò molte parole con i suoi genitori. Era troppo stanco e per quello ci sarebbe stato tempo. Posò la sua valigia in camera da letto, senza neanche prendersi la briga di aprirla e di disfarla. Poi andò in cucina, a prepararsi una camomilla. Mise della frutta in un piatto e tornò in camera.

La frutta rimase intonsa, in quel piatto, e alla camomilla diede non più di due sorsi, prima di addormentarsi, di svenire lì su quel letto così com'era, con i vestiti ancora addosso.

La suoneria del cellulare, appoggiato sul comodino, gli rimbombò nel cervello come un martello pneumatico. Si alzò di scatto e guardò il display. Erano le ventitré e trenta, e a chiamarlo era Piero Nardi. Ebbe un sudore freddo, istantaneo. Il giorno dell'ultimo sequestro.

«Piero, che succede?» chiese senza riuscire a frenare la sua ansia.

Dall'altra parte, prima della voce, arrivarono i singhiozzi.

«Gaetano, sono Oriana.»

La testa di Gambuti prese a girare all'impazzata.

«Oriana, ma che...?»

«Non lo trovo, non lo trovo. È uscito di pomeriggio, ha detto che aveva bisogno di passeggiare, di starsene per conto proprio...»

«Oriana, calmati, respira!»

«Respira un cazzo! È lui, è lui che quel pazzo stava cercando.»

«Da quanto tempo non lo vedi?» chiese Gambuti, cercando di riacquisire lucidità.

«Saranno state le cinque quando è uscito. Mi aveva detto che sarebbe tornato per cena e quando non l'ho visto spuntare, ho cominciato ad avere paura. L'ho chiamato, ma quando il telefono ha squillato, mi sono accorta che lo aveva lasciato qui. Allora sono andata alla vecchia casa, ho pensato che potesse essere lì.»

«Quale vecchia casa?»

«È un rudere abbandonato della mia famiglia. È al secondo chilometro della provinciale tra Macerata e Treia. Ogni tanto Piero ci va, quando vuole un po' di pace. Ma non c'era, neanche lì.»

«D'accordo, ascolta bene, Oriana. Dove ti trovi adesso?»

«Sono a casa.»

«Non abbiamo tempo da perdere. Devi avvisare immediatamente la questura, fatti mandare lì a casa qualcuno di pattuglia e fornisci al questore tutti i dettagli, anche minimi, che ti vengono in mente. Io mi metto subito in macchina. Aspettami lì. Tieni il telefono di Piero a portata di mano e avvisami se ci sono novità.»

4 aprile 2015

03.15

Quando Gambuti parcheggiò di fronte all'abitazione di Nardi, fu colto istantaneamente da una morsa allo stomaco: non era la situazione che si aspettava di trovare. Era pronto al caos, era pronto a essere ricacciato nel frullatore, si aspettava di trovare volanti della polizia, aveva anche temuto di trovare un'ambulanza. Ma lì trovò solo il silenzio. Una calma surreale.

Si avvicinò alla porta di casa e mentre stava per bussare, si accorse che la porta era aperta. Una lama di luce filtrava attraverso lo stipite. D'istinto, portò la mano alla fondina.

Scostò piano la porta d'ingresso. Oriana era in casa? Avrebbe dovuto chiamare il suo nome?

La luce che filtrava dalla porta d'ingresso era quella del salotto, l'unica accesa in tutta la casa che, a prima vista, sembrava deserta. Gambuti si accorse del foglio e della penna appoggiati sul tavolo.

Prese il foglio. Non appena mise a fuoco che quella che teneva in mano era una copia della prima lettera di Nessuno, la stanza prese a girargli intorno.

... da lei dipendono molte persone, non solo quelle che comanda ogni giorno nella sua unità operativa. Lei è una persona che decide per gli altri, io no; lei è un potente, io no. Lei è benvoluto, io no; lei ha una moglie che la ama, io no.

Alla fine della lettera, tale e quale Nardi l'aveva ricevuta quando tutto era cominciato, c'era una piccola aggiunta, una sola frase, scritta a mano: *Vieni da solo, aiuto ispettore, altrimenti finisce male.*

Il posto

Al secondo chilometro della provinciale tra Macerata a Treia, Gambuti imbocca una strada sterrata sulla destra. Appena svoltato, un vecchio cartello attaccato al tronco di una grande quercia segnala che la strada è privata e senza uscita: la strada giusta.

La casa di mattoni è vecchia, abbandonata, poco più che un rudere, le finestre nude, senza persiane o serrande. La porta d'ingresso è scardinata e, nonostante il buio della notte, si intravede una rampa di ripide scale. Gambuti sa che sono solo quelle scale a separarlo da un abisso, ma non ha tempo per questi pensieri, deve andare. Qualcuno lo sta aspettando. Estrae la pistola dalla fondina e la stringe con entrambe le mani.

Come immaginava, il pianterreno è deserto. Sotto i suoi piedi, il crepitio delle mattonelle dissestate e scheggiate.

Percorre la scala con circospezione, lentamente, gli occhi all'insù, ma sa bene di essere un bersaglio quanto mai comodo. I suoi passi sui gradini di legno risuonano distintamente all'interno di quell'abitazione decrepita e cadente.

La scala termina in un ballatoio che dà accesso a tre stanze. Le prime due, le più vicine, sono chiuse; la terza, più in fondo, è priva di porta. Da lì, la luce tremolante sembra essere quella di una candela.

I passi di Gambuti sono cauti. Per adesso è ancora al riparo dietro la parete, ma altri due metri e si ritroverà davanti a quel vano aperto, sotto tiro, in balia del suo predatore e senza possibili vie d'uscita.

«Aiuto ispettore, so che sei lì dietro. Ben arrivato. Siamo qui. Accomodati.» La voce, calma e consapevole, è quella di Oriana.

Gambuti esita, sa che è in pericolo, vuole vederci chiaro, non sa se fidarsi, e di chi.

«Dov'è Piero?»

«È qui, Gaetano, dove vuoi che sia? È qui con me.»

«Piero, stai bene?»

«Questo dovrai constatarlo di persona. Lui non può risponderti.»

Un sudore freddo scivola lungo la nuca di Gambuti, giù fino alla schiena.

«Avanti, Gaetano, metti via la pistola, è meglio per tutti. Non ti ho condotto qui per ammazzarti.»

«Sei armata?»

«Non essere stupido, Gaetano. Fai ciò che ti ho detto. Appoggia la pistola per terra, sull'uscio, e poi spingila qui.»

Gambuti esegue le istruzioni. Sa che probabilmente ha firmato la sua condanna a morte. Quelli che gli consentiranno di attraversare quel vano potrebbero essere i suoi ultimi passi.

«Molto bene» dice la voce di Oriana. «Adesso puoi entrare. Non temere.»

È questione di secondi. A Gambuti potrebbero rimanerne un paio da vivere, non di più; ma quando la sua figura si staglia sul vano senza porta, non giunge alcuno sparo.

«Rilassati. Non è a te che tocca» dice Oriana.

Gli occhi di Gambuti si trovano davanti una stanza semivuota, un armadio alla sua destra, una piccola stufa sotto la finestra di fronte e un letto. Nardi è disteso, immobilizzato alle caviglie, ai polsi e al tronco; un bavaglio gli impedisce di parlare, sui suoi occhi c'è una benda nera. Sembra stordito, ma si muove, o almeno ci prova; dalla sua bocca esce un mugugno. Oriana, seduta su una sedia di fianco, gli tiene una pistola puntata contro.

«Oriana, non fare stupidaggini.»

«Lascia stare, aiuto ispettore, so quello che devo fare.»

«Come sta?»

«Sta bene, sta bene. Lui sta sempre bene. Adesso in parte è sedato, potrebbe essere vagamente intontito, ma... è quasi perfettamente lucido, è qui con noi. Vero?»

Le lacrime di Nardi bagnano la benda. La parola «Oriana» si confonde tra i singulti e le fibre del bavaglio.

«Perché mi hai portato qui? Che intenzioni hai?»

«Voglio soltanto mettere la parola fine su questa storia. Nient'altro.»

«D'accordo. Mettiamo la parola fine. Oriana, metti giù la pistola anche tu, non peggioriamo le cose.»

«E poi cosa facciamo? Chiamiamo i tuoi amici, mi faccio accompagnare in questura e mi costituisco? È troppo tardi. Ormai è andata. Siediti lì, per terra, e tieni le spalle appoggiate al muro» comanda Oriana freddamente.

«Perché? Perché hai fatto tutto questo?»

«Perché?» ripete Oriana quasi con stupore. «Io l'ho fatto per lui» dice indicando Piero. «L'ho fatto soltanto per lui. Perché capisse.»

«Capisse cosa? Ti rendi conto...»

«Mi rendo conto? Mi chiedi se io mi rendo conto? Siete voi a non capire proprio nulla, siete voi piuttosto a non avere idea di chi siano le persone. Siete voi a non sapere nemmeno chi siete. Siete voi che lasciate le persone in solitudine, fino a farle sentire nessuno.»

L'ispettore Nardi non si agita più, il suo corpo è immobile, nella sua testa le domande arrivano tutte insieme, si sovrappongono.

«Slegalo, Oriana. Levagli almeno il bavaglio e la benda.»

«No, questo non si può fare. Voglio che sia presente, adesso, voglio che mi ascolti. Ma non voglio guardarlo negli occhi, né voglio che lo faccia lui, quando sarà il momento.» La voce di Oriana ha un tremito, una crepa, una ferita mai guarita. «Piuttosto, i tuoi amici sono già qui nei paraggi? Quanto ci metteranno ad arrivare?»

«Ho fatto come mi hai scritto» mente Gambuti. «Saremo da soli e ce ne andremo tutti sulle nostre gambe.»

«Per quel che serve, posso anche fingere di crederti.»

«Oriana, lo sento che non lo vuoi uccidere. Tu non vuoi uccidere tuo marito.»

«Cosa te lo fa credere? Credi che si meriti qualcosa di diverso? Mi ha ridotto a niente, non sono più niente, sono sola, sono muta. È così che deve finire e lui lo sa. Ho già scritto nella lettera quale sarebbe stata la fine.»

«No, non è vero. Stai mentendo, Oriana, e lo sai. Tu mi vuoi qui per salvare tuo marito. E anche te. Manteniamoci calmi» dice Gambuti, più a se stesso che alla donna. «Prova a raccontarmi come sono andate le cose.»

«Cosa vuoi sapere? Perché ho scelto quelle donne? Come le ho conosciute? Il paese è piccolo, aiuto ispettore, le voci corrono rapidamente, è facile sapere i fatti degli altri se solo si ha voglia di tendere un po' l'orecchio, di ascoltare, di esserci. Donne emarginate, donne messe in un angolo, ridotte al silenzio. Donne che non erano nessuno. E tutte, all'insaputa dei loro uomini, erano corse ai ripari, si erano inventate una via di fuga, un'altra vita, sconosciuta e nascosta a chi stava loro accanto. Io le conoscevo, le ascoltavo. Con Carla ci sono anche andata a letto.»

La benda è ormai zuppa delle lacrime di Piero Nardi.

«È stata l'unica persona con cui ti ho tradito, a onor del vero. Ci ho provato sempre, fino in fondo, fino alla fine a tenere in piedi le nostre vite, ma non è servito.»

«Carla Crocetti si rifugiava nelle altre donne; Tiziana Fardella era del tutto incompresa nelle sue voglie; La Torre, che è perfino un carabiniere, neanche si accorgeva della dipendenza di sua moglie dalla cocaina» ricostruisce Gambuti.

«Le ho scelte con cura. Credimi, erano tre donne distrutte, annullate. In qualche modo le ho liberate, e ho dato ai loro uomini il tempo di riflettere sulle loro storie. Per Claudia mi è dispiaciuto, non volevo ucciderla, non immaginavo di poterle procurare un infarto.»

«E tutto questo soltanto per mandare un messaggio al tuo di marito?»

«No, di messaggi ne ho mandati fin troppi. E non è cambiato nulla. Il tempo dei messaggi è scaduto.»

«Tu volevi distruggerlo. Volevi che fosse messo alla berlina. Volevi che il suo mondo gli crollasse sotto i piedi.»

«Detta così, mi fai sembrare spietata. Non lo sono, te l'assicuro. Forse è stato questo il nostro problema.»

«Perché Loredana Pagliari?» chiede Gambuti, sperando che da un momento all'altro le sirene della polizia arrivino a tirarlo fuori da quella situazione. «Davvero ti interessava sviare le attenzioni su Fiorotti?»

«Soltanto in parte. La verità è... be', chi meglio di lei poteva essere il simbolo di come veniamo trattate? Chi meglio di lei poteva denunciare il modo in cui siete fatti, il modo in cui ve ne andate in giro, il modo in cui nascondete, anche a voi stessi, la vostra ipocrisia?»

«Oriana, guardalo, guardalo bene. È tuo marito, è l'uomo con cui hai vissuto. Lo so che stai soffrendo, ma so che lui ti ama...»

«Tu non sai niente!» tuona la donna.

Gambuti resta in silenzio. Respira, riprende fiato. Per un attimo ha pensato di aver imboccato la strada sbagliata, e che a quello scoppio della voce potesse seguire quello della pistola. Ma sono ancora lì, tutti e tre, vivi. Gambuti si chiede perché ancora non sente il rumore delle sirene.

«Stanno per arrivare, Oriana.»

«No, stai bluffando.»

«Arriveranno, da un momento all'altro. Mi sorprende che non siano già qui. Oriana, ascoltami, puoi ancora tornare indietro, non sei un'assassina, lo so, non sei capace di uccidere a sangue freddo due persone disarmate, altrimenti lo avresti già fatto. Non è quello che vuoi. Consegnati, getta l'arma, riusciremo a trovare un modo.»

«In parte hai ragione, aiuto ispettore, non è quello che voglio. Non alla lettera, almeno.»

Il volto di Gambuti si fa interrogativo. Non gli è chiaro il senso di quella precisazione, ma il rumore di una sirena che deve aver appena imboccato la strada sterrata dalla provinciale distoglie la sua attenzione.

«Sono qui, Oriana. Sono arrivati. Rimani calma, metti giù la pistola.»

Il suono della sirena si avvicina. Le volanti sono ormai prossime al vialetto d'ingresso. Oriana trae un profondo respiro.

«Sai perché ti ho fatto venire qui?» chiede a Gambuti.

«Oriana, ti prego, mantieni la calma...»

«Ti ho fatto venire qui perché volevo che lui non si ritrovasse da solo ad affrontare questo momento.»

Il movimento con cui Oriana punta la pistola contro se stessa e preme il grilletto sono come un unico gesto. Gambuti non ha neanche il tempo di reagire. Mentre le volanti fermano la loro corsa e l'eco dello sparo si esaurisce, nella stanza risuona ancora l'urlo, strozzato e disperato, dell'ispettore di polizia Piero Nardi.

Nota dell'autore

Cerco te è una storia, o più storie, che in molti passaggi rispecchia la mia di vita e quella di chi mi circonda. Certamente non ho mai incontrato una persona che somministra uno speciale liquido che fa perdere la memoria. Fortunatamente. Quella è l'unica parte inventata. Tuttavia, credo che se l'uomo dimenticasse il passato, a volte vivrebbe meglio. Forse perché io sono uno *scordareccio* (così si dice nel maceratese) e, quando qualcuno mi ricorda qualcosa di non bello, rispondo: «Cosa me lo hai ricordato a fare? L'avevo dimenticato, era meglio!».

Lasciamo perdere questo discorso: se vado avanti potreste prendermi per pazzo.

Per quanto riguarda il resto della storia, confesso che proprio mia moglie mi ha fatto capire, un giorno, che ero appiattito e non riuscivo più a dare quello che tutte le donne si aspettano dall'uomo: l'attenzione. L'attenzione, quella vera, spontanea, e non quella appiattita dalla routine della vita quotidiana. Certo, non me l'ha fatto capire come accade in questo romanzo. Mi ha soltanto detto una frase, senza tante parole, una frase che mi è rimasta dentro da allora: «Ho bisogno di te, ho bisogno della tua attenzione, io ti cerco e cerco di fartelo capire lungo il percorso, ma tu vai sempre dritto, per la tua strada. Ti assicuro che se ti fermi un attimo e rifletti, capirai i tuoi sbagli e la mia richiesta».

Non serve altro per spiegare le motivazioni che hanno portato alla scrittura di *Cerco te*. Fortunatamente, io non sono l'ispettore Nardi e non vorrei esserlo, e mia moglie si chiama Martina e non Oriana.

Ho aggiunto alla storia i segreti delle quattro donne: anche quelle sono storie vere, suggerite da alcuni amici.

Spero vivamente che tu, lettore, ti sia appassionato a questa storia. Perdonami per le parolacce e per il drammatico finale e se, per una volta, è la donna a essere violenta e non l'uomo.

Ti ringrazio di cuore per essere arrivato fin qui. Ringrazio anche te, che hai saltato il racconto e hai letto soltanto la nota dell'autore.

Tante buone cose e, soprattutto, buona fortuna.
Mauro Mogliani

Ringraziamenti

Leone Editore, senza di voi queste pagine sarebbero rimaste nel cassetto.

Mia moglie Martina, per la pazienza.

Francesco Pagnanelli, per l'incoraggiamento.

Solidea Vitali, per le correzioni.

L'arma dei carabinieri di Tolentino.

Voi tutti che, senza volerlo, mi suggerite spunti per nuove storie.

MISTÉRIA

collana di romanzi investigativi, noir e del terrore

Il contratto di Baron Samedi – Eleonora Epis Perani
Le anime volano via – Marco Bovo
Criptocrazia – Paolo Ferrari
Scacco alla regina – Mario Mazzanti
Il valzer degli sfregiati – Guillaume Prévost
Il Paradiso delle donne perdute – Jean-Pierre Perrin
La resa dei conti – Rosario Cuomo
Il riflesso del lupo – Mario Mazzanti
Ossa – Louise Welsh
Messaggeri di morte – Stuart MacBride
Altravita 2.0 – Gianluca Durante
Absolution – Caro Ramsay
Il ballo dello squartatore – Guillaume Prévost
Addio Gerusalemme – Alexandra Schwartzbrod
Il segreto degli Humiliati – Mario Mazzanti
Il labirinto di Atlantide – Álvaro Bermejo
Il canto dei morti – Caro Ramsay
Verità nascoste – Craig Smith
Il numero di Dio – Vincenzo Di Pietro
Lo strano caso di Kirby Logan – Nino Branchina
Melodia fatale – Alberto Ripa, Giorgio Ripa
La scrittura della morte – Francesco Alessandro Veutro
La farfalla di Lana Turner – Simone Cerri
Scomparsa – Evonne Wareham

La famiglia Verta Rey – Paolo Ferrari
La Lancia del destino – Daniel Easterman
Bellezza mortale – Gabrielle Lord
Apocalisse – Vincenzo Di Pietro
Sfida mortale – Pietro Brambati
Gaz! – Mario Mazzanti, Mario Martucci
Com'era dolce l'inferno – Marco Bovo
L'ultimo segreto di Galileo – Aristide Bergamasco
L'ultima mossa – Alberto Ripa, Giorgio Ripa
L'agguato – Noemí Sabugal
Piper – Helen McCabe
A distanza ravvicinata – Henriette Gyland
Il palladio di Atlantide – Giuseppe Rendina
Nel buio oltre la notte – Simone Morgantini
Morte sull'acqua – Leonard Goldberg
L'ospite oscuro – Ignazio Pandolfo
La sindrome del sosia – Francesco Cro
Omicidio a Chinatown – Walter Ghilardi
Dna – Dario Giardi
Attrazione fatale – Alberto Ripa, Giorgio Ripa
Chiave di volta – Bruno Pronunzio
Il Rituale – Helen McCabe
Il principe infernale – Laura Jelenkovich
Le regole del perdono – Francesco Alessandro Veutro
Lo spirito del male – Roberto Blandino
La casa delle bambole – David Hewson
L'ultimo respiro – Luigi Martinuzzi
I sentieri della morte – Ugo Mariani
Senza tregua – Roberta Melli
Doppio gioco – Pietro Brambati
I delitti di Dante – Sergio Conca Bonizzoni

Tango down – Gianluca Durante
Intrigo a New York City – Craig Horowitz, Bill Stanton
Codice Omega – Nino Branchina
L'uomo senza volto – Roberto Leonardi
Contagio – Aristide Bergamasco
Il signore della menzogna – Ignazio Pandolfo
No Man – Dario Custagliola
Dark Waters – Chris Goff
Il segreto dell'assassino – Ugo Mazzotta
Sindrome assassina – Bruno Pronunzio
Crosta d'autore – Simone Schettino
Il Codice – Helen McCabe
La Vinaia – Luigi Lazzaro
Le ali della vendetta – Alberto Ripa, Giorgio Ripa
L'enigma del turco – Stefano Cassini
Omicidi in tribunale – Walter Ghilardi
In vetta al mondo – Roberta Melli
Alla deriva – Chris Simms
Dark Room - La camera oscura – Jonathan Moore
Come foglie nell'acqua – Claudio Benazzoli
Il mercante di morte – Craig Robertson
La bambina nel bosco – Barbara Abel
Una morte eccellente – Maria Patrizia Salatiello
L'ho fatto per te – Laurent Scalese
Il serial killer dei Promessi Sposi – Sergio Conca Bonizzoni
Il venditore di fiori – Giuseppe De Renzi
Cerco te – Mauro Mogliani
Senza esclusione di colpi – Pietro Brambati
Bugiardo – Phoebe Morgan
Il Fiore dell'Apocalisse – Luisa Colombo
La porta del buio – Franco Limardi

L'alba di un nuovo giorno – Alberto Ripa, Giorgio Ripa

La ragazza nello specchio – Luigi Martinuzzi

La collezionista – Sergio Maffucci

Lasciati uccidere – Roberto Leonardi

Ricorda il tuo nome – Nicola Valentini

Il buffone e il burattino – Ugo Mariani

Legami di sangue – Jonathan Moore

Il padrone del tempo – Ignazio Pandolfo

Nel silenzio della notte – Raymond Benson

Neve e fango – Saverio Carlucci

Alice – Barbara Abel

L'inverno dentro – Claudio Benazzoli

L'ombra del girasole – Simona Bosco

Fashion Victim – Amina Akhtar

Possessione – Roberta Melli

La chimica del sangue – Alessio Rigillo

Svegliati – François-Xavier Dillard

Amore e vendetta – Pip Drysdale

FRANÇOIS-XAVIER
DILLARD
SVEGLIATI
THRILLER
LEONE EDITORE

Finito di stampare
nel mese di settembre 2019
per conto di Leone Editore
dalla GECA s.r.l. - San Giuliano Milanese (MI)
Printed in Italy